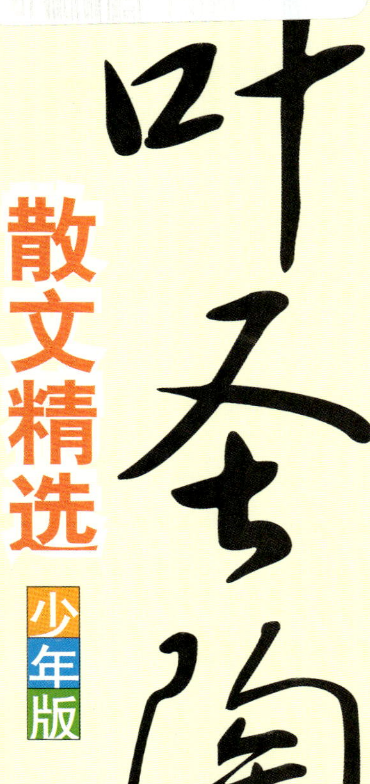


# 散文精选

少年版

叶圣陶 著

浙江文艺出版社

◎ 除了稻草人以外，没有一个人为稻子发愁。他恨不得一下子跳过去，把那灾害的根苗扑灭了；又恨不得托风带个信，叫主人快快来铲除灾害。他的身体本来是瘦弱的，现在怀着愁闷，更显得憔悴了。——《稻草人》

◎ 经白帝城下，仰望亦复巍然。夔门高高，真可谓壁立。石隙多生红叶小树。朝阳斜照于峡之上方，衬以烟雾，分为层次，气象浩茫。——《过三峡》

# 前言

厚厚二十五卷《叶圣陶集》，散文占到十七卷，而通常所说的文学散文，亦即小品或称作美文的，至少也在百万字以上。我们从中挑选出代表性篇章，分童话、写实、写意、写人、写景、文心等类，辑成本书。可以说，叶氏散文的精华大致囊括于此了。

叶圣陶是中国现代童话创作的拓荒者。他的童话构思新颖独特，描写细腻逼真，富于现实内容。《稻草人》以田间草人的目光与心灵，感受了劳动人民的苦难，是叶圣陶童话的代表作，给中国的童话开了一条自己创作的路。

写实是叶圣陶散文的特点。阿英称赞他的“每一篇小品，真不啻是一首非常成功的，优美的，人生之诗”。作为新文学史上的写实派大家，叶圣陶力主文学反映人生，描写平民百姓“血与泪”的生活。他特别擅长表现妇女、儿童、小市民的人生。《伊与他》是一幅惟妙惟肖的母子亲情图：皎洁的月光下，儿子在年轻母亲怀中戏耍；不料孩子手中的玻璃球击中了妈妈的脸颊。顿时，疼痛、泪水、啼哭、微笑、亲吻、爱抚，在母子间齐发并作。作品显示了一种理想的人生境界——爱、美、光明。《寒晓的琴歌》对一群被迫卖唱的小歌女表示了深切的同情。《生活》用特写镜头对准城乡茶馆,对浑浑噩噩、无所事事整日泡在茶馆中的小市民芸芸众生及其灰色卑琐的人生,作了针砭。《深夜的食品》以有闲阶级的夜生活为题,写为夜生活服务的夜宵叫卖者及其食品,揭示有闲者的寄生奢糜生活。与小市民、有闲者庸凡鄙俗的人生相比,作者笔下还有另一种完全不同的积极进取的人生。《乐山被炸》叙述乐山寓所被日机轰炸,夷为焦土,作者与乐山群众一起,义愤填膺,同仇敌忾,不但没有丝毫颓丧屈服,相反更激起对敌人的仇恨。叶氏的写实散文重视文学真实性,善于以有血有肉、鲜活跃动的细节描写,摹状人生,刻画人物。《三种船》以工笔画的技法,精雕细刻地将故乡三种航船的形态、特点、异同、兴衰以及船家服务、乘客心态等等,描摹得细致入微。《荣宝斋的贡献》、《刺绣和缂丝》等,记述新中国对戏剧、绘画、手工艺术的关爱。

如果把叶氏的散文比作交响乐,他的写意散文就是其中的华彩乐章。写意散文,顾名思义,就是托物言志,借事寄情。茅盾说过,叶圣陶早年"以为'美'(自然)和'爱'(心和心相印的了解)是人生最大的意义,而且是'灰色'的人生转为'光明'的必要条件。'美'和'爱'就是他对生活的理想"。他的写意散文正是沟通爱与美的渠道。叶氏生于苏州而长年定居上海,对这个半封建半殖民地大城市的畸形都市文明,有着切肤的感受。他的散文对此进行了鸟瞰式的扫描。他的写意散文大致可分为三种情况:一是青少年时代的旧闻趣事,追怀逝去的金色年华。二是抒发离愁别绪,表达对爱人、亲人、友人的爱情、亲情、友情。三是夸赞眷恋故乡的特产和独有的风情习俗、文化遗存,倾吐浓浓的乡思乡情和恋乡情结。《没有秋虫的地方》借故乡的秋虫秋声,诅咒上海"连秋虫都不屑于居留",简直如同"荒漠无味"的人间沙漠。《藕与莼菜》写的似乎是故乡的特产,骨子里透出的却是对故乡强壮健美的乡男乡女和乡风乡俗的赞美怀恋。《牵牛花》和《天井里的种植》都写在上海牢笼似的庭院里栽种草木花卉,给燥干枯槁的生存空间增添一丝绿色春意。这些写意散文蕴含着哲理思辨和象征色彩,借树木花草之酒,浇胸中郁结的块垒不平。意味深远，寓意绵长，写得既隽永清新，又柔中带刚。叶圣陶所要写的意，言的志，寄的情，无非是对黑暗现实的厌弃，对邪恶势力的憎恨，对理想生活——真、善、美、爱、光明的执著与期盼。

叶圣陶的散文还善于捕捉特征，画龙点睛地刻画了胡愈之、沈雁冰、陶行知、郑振铎等一大批文化人的群像。作为中国脊梁的这些优秀分子的人生之路，在作者笔下真的成了一首首成功的、优美的人生之诗。

叶圣陶的写景散文富有诗意。写于解放前的有揽胜太湖的《记游洞庭西山》，评说假山艺术的《假山》，描述绿荫之美的《谈成都的树木》以及记叙乘坐木船历险三峡的《过三峡》等。建国后作者经常外出巡视，一九五三和一九五四年之交的陕甘之行，以及五十年代末六十年代初的游历江苏、内蒙，留下了众多游记华章。他不但观赏了祖国的名山大川、古迹胜景，领略了大自然和人文景观的壮美，而且豪情满怀地描绘了社会主义建设欣欣向荣的景象。写景散文中最有代表性的是《游了三个湖》和《记金华的两个岩洞》两篇。三个湖指太湖、南京玄武湖和杭州西湖。全篇采用对比手法，先是今昔对比：三湖都进行了清淤疏浚，都建立了疗养院，都移风易俗变脏乱为整洁。次写游览印象。玄武湖突出湖边的一抹城墙，把城墙的线条与颜色同玄武湖的水光、紫金山的山色相映互衬，写尽此中独有的美。写太湖美则强调“浩渺无际”的静趣，“湖波拍岸”的韵律，以及“风雨晦明，云霞出没”时光和影变幻的动感。对西湖极力赞美：“仿佛是盆景”似的小巧、娟秀。两个洞指浙江金华的双龙洞和冰壶洞。前者极低极窄，洞底有伏流，仅容一小船出入，进洞需贴卧船底。后者在高山之上，洞内有悬空瀑布，山水从天跌下，轰然作响。两个洞都有水，一高一低，一动一静，一奔泻一缓流，一仰视一俯瞰。两相比照，叹为奇观。把三湖两洞的历史变迁和蕴藉的美，用如此素朴简练而又轻巧洒脱的笔致，娓娓道出，真是大手笔。

叶圣陶是一位资深文艺批评家、鉴赏家。早在五四时期就写下许多卓有见地的新文学评论。三十年代他和挚友朱自清、俞平伯共创解诗学。朱、俞分别侧重于对白话新诗和古典诗词作本体上的解析。而叶则根据美学原理，开风气之先，对新文学运动中涌现出来的优秀作品，率先提出了多元化的审美判断和价值判断，对现代小说、散文、诗歌作出了鞭辟入里的微观上的透视剖析，对中国现代文学诗文小说的鉴赏美学，作出了独特的贡献。本书从大量评论中，精选十八篇，从中既能窥见叶圣陶在这方面成就之一斑，也可以当作精品散文来阅读欣赏。

编者

# 目录

# 稻草人

田野里白天的风景和情形，有诗人把它写成美妙的诗，有画家把它画成生动的画。到了夜间，诗人喝了酒，有些醉了；画家呢，正在抱着精致的乐器低低地唱：都没有工夫到田野里来。那么，还有谁把田野里夜间的风景和情形告诉人们呢？有，还有，就是稻草人。

基督教里的人说，人是上帝亲手造的。且不问这句话对不对，咱们可以套一句说，稻草人是农人亲手造的。他的骨架子是竹园里的细竹枝，他的肌肉、皮肤是隔年的黄稻草。破竹篮子、残荷叶都可以做他的帽子；帽子下面的脸平板板的，分不清哪里是鼻子，哪里是眼睛。他的手没有手指，却拿着一把破扇子——其实也不能算拿，不过用线拴住扇柄，挂在手上罢了。他的骨架子长得很，脚底下还有一段，农人把这一段插在田地中间的泥土里，他就整天整夜站在那里了。

稻草人非常尽责任。要是拿牛跟他比，牛比他懒怠多了，有时躺在地上,抬起头看天。要是拿狗跟他比,狗比他顽皮多了,有时到处乱跑,累得主人四外去找寻。他从来不嫌烦,像牛那样躺着看天;也从来不贪玩,像狗那样到处乱跑。他安安静静地看着田地,手里的扇子轻轻摇动,赶走那些飞来的小雀,他们是来吃新结的稻穗的。他不吃饭,也不睡觉,就是坐下歇一歇也不肯,总是直挺挺地站在那里。

这是当然的,田野里夜间的风景和情形,只有稻草人知道得最清楚,也知道得最多。他知道露水怎么样洒在草叶上,露水的味道怎么样香甜;他知道星星怎么样眨眼,月亮怎么样笑;他知道夜间的田野怎么样沉静,花草树木怎么样酣睡;他知道小虫们怎么样你找我、我找你,蝴蝶们怎么样恋爱:总之,夜间的一切他都知道得清清楚楚。

以下就讲讲稻草人在夜间遇见的几件事情。

一个满天星斗的夜里, 他看守着田地, 手里的扇子轻轻摇动。新出的稻穗一个挨一个,星光射在上面,有些发亮,像顶着一层水珠;有一点儿风,就沙拉沙拉地响。稻草人看着,心里很高兴。他想,今年的收成一定可以使他的主人——一个可怜的老太太——笑一笑了。她以前哪里笑过呢?八九年前,她的丈夫死了。她想起来就哭,眼睛到现在还红着;而且成了毛病,动不动就流泪。她只有一个儿子,娘儿两个费苦力种这块田,足足有三年,才勉强把她丈夫的丧葬费还清。没想到儿子紧接着得了白喉,也死了。她当时昏过去了,后来就落了个心痛的毛病,常常犯。这回只剩她一个人了,老了,没有气力,还得用力耕种,又挨了三年,总算把儿子的丧葬费也还清了。可是接着两年闹水,稻子都淹了,不是烂了就是发了芽。她的眼泪流得更多了,眼睛受了伤,看东西模糊，稍微远一点儿就看不见。她的脸上满是皱纹，倒像个风干的桔子，哪里会露出笑容来呢！可是今年的稻子长得好，很壮实，雨水又不多，像是能丰收似的。所以稻草人替她高兴。想来到收割的那一天，她看见收的稻穗又大又饱满，这都是她自己的，总算没有白受累，脸上的皱纹一定会散开，露出安慰的满意的笑容吧。如果真有这一笑，在稻草人看来，那就比星星月亮的笑更可爱，更可珍贵，因为他爱他的主人。

稻草人正在想的时候，一个小蛾飞来，是灰褐色的小蛾。他立刻认出那小蛾是稻子的仇敌，也就是主人的仇敌。从他的职务想，从他对主人的感情想，都必须把那小蛾赶跑了才是。于是他手里的扇子摇动起来。可是扇子的风很有限，不能够叫小蛾害怕。那小蛾飞了一会儿，落在一片稻叶上，简直像不觉得稻草人在那里驱逐似的。稻草人见小蛾落下了，心里非常着急。可是他的身子跟树木一样，定在泥土里，想往前移动半步也做不到：扇子尽管扇动，那小蛾却依旧稳稳地歇着。他想到将来田里的情形，想到主人的眼泪和干瘪的脸，又想到主人的命运，心里就像刀割一样。但是那小蛾是歇定了，不管怎么赶，他就是不动。

星星结队归去，一切夜景都隐没的时候，那小蛾才飞走了。稻草人仔细看那片稻叶，果然，叶尖卷起来了，上面留着好些蛾下的子。这使稻草人感到无限惊恐，心想祸事真个来了，越怕越躲不过。可怜的主人，她有的不过是两只模糊的眼睛；要告诉她，使她及早看见这个，才有挽救呢。他这么想着，扇子摇得更勤了。扇子常常碰在身体上，发出啪啪的声音。他不会叫喊，这是唯一的警告主人的法子了。

老妇人到田里来了。她弯着腰，看看田里的水正合适，不必再从河里车水进来。又看看她手种的稻子,全很壮实;摸摸稻穗,沉甸甸的。再看看那稻草人,帽子依旧戴得很正;扇子依旧拿在手里,摇动着,发出啪啪的声音;并且依旧站得很好,直挺挺的,位置没有动,样子也跟以前一模一样。她看一切事情都很好,就走上田岸,预备回家去搓草绳。

稻草人看见主人就要走了,急得不得了,连忙摇动扇子,想靠着这急迫的声音把主人留住。这声音里仿佛说:"我的主人,你不要去呀!你不要以为田里的一切事情都很好,天大的祸事已经在田里留下种子了。一旦发作起来,就要不可收拾,那时候,你就要流干了眼泪,揉碎了心;趁着现在赶早扑灭,还来得及。这,就在这一棵上,你看这棵稻子的叶尖呀!"他靠着扇子的声音反复地表示这个警告的意思;可是老妇人哪里懂得,她一步一步地走远了。他急得要命,还在使劲摇动扇子,直到主人的背影都望不见了,他才知道这警告是无效了。

除了稻草人以外,没有一个人为稻子发愁。他恨不得一下子跳过去,把那灾害的根苗扑灭了;又恨不得托风带个信,叫主人快快来铲除灾害。他的身体本来是瘦弱的,现在怀着愁闷,更显得憔悴了,连站直的劲儿也不再有,只是斜着肩,弯着腰,成了个病人的样子。

不到几天,在稻田里,蛾下的子变成的肉虫,到处都是了。夜深人静的时候,稻草人听见他们咬嚼稻叶的声音,也看见他们越吃越馋的嘴脸。渐渐地,一大片浓绿的稻全不见了,只剩下光秆儿。他痛心,不忍再看,想到主人今年的辛苦又只能换来眼泪和叹气,禁不住低头哭了。

这时候天气很凉了,又是在夜间的田野里,冷风吹得稻草人直打哆嗦；只因为他正在哭，没觉得。忽然传来一个女人的声音："我当是谁呢，原来是你。"他吃了一惊，才觉得身上非常冷。但是有什么法子呢？他为了尽责任，而且行动不由自主，虽然冷，也只好站在那里。他看那个女人，原来是一个渔妇。田地的前面是一条河，那渔妇的船就停在河边，舱里露出一丝微弱的火光。她那时正在把撑起的鱼罾放到河底；鱼罾沉下去，她坐在岸上，等过一会儿把它拉起来。

舱里时常传出小孩子咳嗽的声音，又时常传出困乏的、细微的叫"妈"的声音。这使她很焦心，她用力拉罾，总像是不顺手，并且几乎回回是空的。舱里还是有声音，她就向舱里的病孩子说："你好好儿睡吧！等我得着鱼，明天给你煮粥吃。你总是叫我，叫得我心都乱了，怎么能得着鱼呢！"

孩子忍不住，还是喊："妈呀，把我渴坏了！给我点儿茶喝！"接着又是一阵咳嗽。

"这里哪来的茶！你老实一会儿吧，我的祖宗！"

"我渴死了！"孩子竟大声哭起来。在空旷的夜间的田野里，这哭声显得格外凄惨。

渔妇无可奈何，把拉罾的绳子放下，上了船，进了舱，拿起一个碗，从河里舀了一碗水，转身给病孩子喝。孩子一口气把水喝下去，他实在渴极了。可是碗刚放下，就又咳嗽起来；并且像是更厉害了，后来就只剩下喘气。

渔妇不能多管孩子，又上岸去拉她的罾。好久好久，舱里没有声音了，她的罾也不知又空了几回，才得着一条鲫鱼，有七八寸长。这是头一次收获，她很小心地把鱼从罾里取出来，放在一个木桶里，接着又把罾放下去。这个盛鱼的木桶就在稻草人的脚旁边。

这时候稻草人更加伤心了。他可怜那个病孩子,渴到那样,想一口茶喝都不成;病到那样,还不能跟母亲一起睡觉。他又可怜那个渔妇,在这寒冷的深夜里打算明天的粥,所以不得不硬着心肠把病孩子扔下不管。他恨不得自己去作柴,给孩子煮茶喝;恨不得自己去作褥,给孩子一些温暖;又恨不得夺下小肉虫的脏物,给渔妇煮粥吃。如果他能走,他一定立刻照着他的心愿做;但是不幸,他的身体跟树木一样,长在泥土里,连半步也不能动。他没有法子,越想越伤心,哭得更痛心了。忽然啪的一声,他吓了一跳,停住哭,看出了什么事情,原来是鲫鱼被扔在木桶里。

这木桶里的水很少,鲫鱼躺在桶底上,只有靠下的一面能够沾一些潮润。鲫鱼很难过,想逃开,就用力向上跳。跳了好几回,都被高高的桶框挡住,依旧掉在桶底上,身体摔得很疼。鲫鱼的向上的一只眼睛看见稻草人,就哀求说:“我的朋友,你暂且放下手里的扇子,救救我吧!我离开我的水里的家,就只有死了。好心的朋友,救救我吧!”

听见鲫鱼这样恳切的哀求,稻草人非常心酸;但是他只能用力摇动自己的头。他的意思是说:“请你原谅我,我是个柔弱无能的人哪!我的心不但愿意救你,并且愿意救那个捕你的妇人和她的孩子,还有你、妇人、孩子以外的一切受苦受难的。可是我跟树木一样,定在泥土里,连半步也不能自由移动,我怎么能照我的心愿做呢!请你原谅我,我是个柔弱无能的人哪!”

鲫鱼不懂稻草人的意思,只看见他连连摇头,愤怒就像火一般地烧起来了。“这又是什么难事!你竟没有一点人心,只是摇头!原来我错了,自己的困难,为什么求别人呢!我应该自己干,想法子，不成，也不过一死罢了，这又算什么！”鲫鱼大声喊着，又用力向上跳，这回用了十二分力，连尾巴和胸鳍的尖端都挺了起来。

稻草人见鲫鱼误解了他的意思，又没有方法向鲫鱼说明，心里很悲痛，就一面叹气一面哭。过了一会儿，他抬头看看，渔妇睡着了，一只手还拿着拉罾的绳；这是因为她太累了，虽然想着明天的粥，也终于支持不住了。桶里的鲫鱼呢？跳跃的声音听不见了，尾巴像是还在断断续续地拨动。稻草人想，这一夜是许多痛心的事都凑在一块儿了，真是个悲哀的夜！可是看那些吃稻叶的小强盗，他们高兴得很，吃饱了，正在光秆儿上跳舞呢。稻子的收成算完了，主人的衰老的力量又白费了，世界上还有比这更可怜的吗！

夜更暗了，连星星都显得无光。稻草人忽然觉得由侧面田岸上走来一个黑影，近了，仔细一看，原来是个女人，穿着肥大的短袄，头发很乱。她站住，望望停在河边的渔船；一转身，向着河岸走去；不多几步，又直挺挺地站在那里。稻草人觉得很奇怪，就留心看着她。

一种非常悲伤的声音从她的嘴里发出来，微弱，断断续续，只有听惯了夜间一切细小声音的稻草人才听得出。那声音是说：“我不是一条牛，也不是一口猪，怎么能让你随便卖给人家！我要跑，不能等着你明天真卖给人家。你有一点儿钱，不是赌两场输了就是喝几天黄汤花了，管什么！你为什么一定要逼我？……只有死，除了死没路！死了，到地下找我的孩子去吧！”这些话又哪里成话呢，哭得抽抽嗒嗒的，声音都被搅乱了。

稻草人非常心惊，想这又是一件惨痛的事情让他遇见了。她要寻死呢！他着急，想救她，自己也不知道为什么。他又摇起扇子来，想叫醒那个睡得很沉的渔妇。但是办不到，那渔妇跟死的一样，一动也不动。他恨自己，不该像树木一样，定在泥土里，连半步也不能动。见死不救不是罪恶吗？自己就正在犯着这种罪恶。这真是比死还难受的痛苦哇！“天哪，快亮吧！农人们快起来吧！鸟儿快飞去报信吧！风快吹散她寻死的念头吧！”他这样默默地祈祷；可是四围还是黑洞洞的，声音也没有一点点。他心碎了，怕看又不能不看，就胆怯地死盯着站在河边的黑影。

那女人沉默着站了一会儿，身子往前探了几探。稻草人知道可怕的时候到了，手里的扇子拍得更响。可是她并没跳，又直挺挺地站在那里。

又过了好大一会儿，她忽然举起胳膊，身体像倒下一样，向河里面窜去。稻草人看见这样，没等到听见她掉在水里的声音，就昏过去了。

第二天早晨，农人从河岸经过，发现河里有死尸，消息立刻传出去。左近的男男女女都跑来看。嘈杂的人声惊醒了酣睡的渔妇，她看那木桶里的鲫鱼，已经僵僵地死了。她提了木桶走回船舱；病孩子醒了，脸显得更瘦了，咳嗽也更加厉害。那老农妇也随着大家到河边来看：走过自己的稻田，顺便看了一眼。没想到，几天工夫，完了，稻叶稻穗都没有了，只留下直僵僵的光秆儿。她急得跺脚，捶胸，放声大哭。大家跑过来问，劝她，看见稻草人倒在田地中间。

1922 年作

（据商务印书馆 1979 版校订）

# 伊和他

温和、慈爱的灯光，照在伊丰满、浑圆的脸上；伊的灵活有光的眼，直注在小孩——伊右手围住他的小腿，左手指抚摩他柔软的头发——的全身，自顶至踵，无不周遍，伊的心神渗透了他全身了。他有柔滑如脂的皮肤，嫩藕似的臂腕，肥美、鲜红的双颐，澄清、晶莹的眼睛，微低的鼻，小小的口；他刚才满两岁。伊抱他在怀里，伊就抱住了全世界，认识了全生命了。

他经伊抚摩头发，回头看着伊，他脸上显呈出来的意象，仿佛一朵将开的花。他就回转身来，跪在伊怀里，举起两只小手，捧着伊丰满的面庞，还将自己的面庞凑上去偎贴着，叫道，“妈！”小手不住的在伊脸上轻轻的摩着，拍着。这是何等的爱，何等的自然，何等的无思虑，何等的妙美难言！

钟摆的声音，格外清脆，变出一种均匀的调子，给人家一个记号，指示那生命经历“真时”，不绝的在那里变化长进。伊和他正是这个记号所要指示的，他们的生命，他们的爱，他们爱的生命,正在那里绵延的、迅速的进化哩。

他的小眼睛忽然被桌上一个镇纸的玻璃球吸住了，他的面庞便离开了伊的,重又回转身去,取球在手里。“红的……花！白的……花！”他指着球里嵌着的花纹,相着伊,又相着花纹,全神贯注的,十分喜悦的告诉伊。他的小灵魂真个开了花了!

“你喜欢这花呀。”伊很真诚的吻他的肩,紧紧的依贴着不动。

他将球旋转着;他小眼睛里的花,刻刻有个新的姿态;他的小口开了,嘻嘻的笑个不住。伊仍旧伏着看他,仍旧不动。

“天上……红的……云,白的……云,红的……星,白的……星!”他说着,一臂直伸,指着窗前,身体望侧倾斜,“妈!那边去。”伊就站了起来,抱他到窗前。一天的月光,正和大地接吻;温和到极点,慈爱到极点,不可言说。

“天上有亮么？”伊发柔和绵美的声音问。

“那边,亮！一个……星！两个……星！四个星！六个星！十一个星！两个星！……”

一只恋月的小鸟,展开双翅,在空碧的海里浮着。离开月儿远了,又折转来浮近去,充量呼吸那大自然的恩惠。

那小鸟又印入了他澄清、晶莹的小眼睛里了。他格外的兴奋,举起他握球的小手,“一个……蜻蜓!来!捉他!”他将球掷去。那球抛起不到五寸就下坠,打着在伊左眼的上角,从伊的臂上滚到地上。

伊受了剧烈的激刺了,有几秒钟工夫,伊全不感觉什么。后来才感痛,不可忍的痛！伊的眼睛张不开了,但能见无量数的金星在前面飞舞。眼泪汩汩的涌出来,两颊都湿了;伊的面庞伏在他小胸口,仰不起来。

这个时候,他脸面的肌肉,都紧张起来;转动灵活的小眼睛,竟呆了,端相着伊,表显一种恐惧,怅惘,可惜的神情,——因为他听见玻璃球着额发出的沉重的声音——仿佛他震荡的小灵魂在那里说道:“这怎样!没有这回事罢!”

伊痛得不堪,泪珠伴着痛,滴个不休;面庞还是伏在他的小胸口。他慢慢的将小手扳起伊的面庞。伊虽仍旧是痛,却不忍不随着小手的力仰起来。

伊的面庞变了:左眼的上角,高起了一大块,红而近紫;眼泪满面,照着月光,有反射的光。伊究竟忍不住这个痛,不知不觉举起左手,按那高起的一块。

他看了,上下唇紧阖,并为一线,向两边延长。动了几动,终于忍不住,大张他的小口,哑的哭了出来。红苹果似的两颐,被他澄清、晶莹的泉源里的水洗得通湿。

伊赶忙吻他的额,脸上现出美丽的,感动的,心底的笑,和月一样的笑。这时候,伊的感觉,一定在痛以上了。……

1920,8,12

# 生 活

乡镇上有一种“来扇馆”，就是茶馆，客人来了，才把炉子里的火扇旺，炖开了水冲茶，所以得了这个名称。每天上午九十点钟的时候，“来扇馆”却名不副实了，急急忙忙扇炉子还嫌来不及应付，哪里有客来才扇那么清闲？原来这个时候，镇上称为某爷某爷的先生们睡得酣足了，醒了，从床上爬起来，一手扣着衣扣，一手托着水烟袋，就光降到“来扇馆”里。泥土地上点缀着浓黄的痰，露筋的桌子上满缀着油腻和糕饼的细屑；苍蝇时飞时止，忽集忽散，像荒野里的乌鸦；狭条板凳有的断了腿，有的裂了缝；两扇木板窗外射进一些光亮来。某爷某爷坐满了一屋子，他们觉得舒适极了，一口沸烫的茶使他们神清气爽，几管浓辣的水烟使他们精神百倍。于是一切声音开始散布开来：有的讲昨天的赌局，打出了一张什么牌，就赢了两底；有的讲自己的食谱，西瓜鸡汤下面，茶腿丁煮粥，还讲怎么做鸡肉虾仁水饺；有的讲本镇新闻，哪家女儿同某某有私情，哪家老头儿娶了个十五岁的侍妾；有的讲些异闻奇事，说鬼怪之事不可不信，不可全信。有几位不开口的，他们在那里默听，微笑，吐痰，吸烟，支颐，遐想，指头轻敲桌子，默唱三眼一板的雅曲。迷濛的烟气弥漫一室，一切形一切声都像在云里雾里。午饭时候到了，他们慢慢地踱回家去。吃罢了饭依旧聚集在“来扇馆”里，直到晚上为止，一切和午前一样。岂止和午前一样，和昨天和前月和去年和去年的去年全都一样。他们的生活就是这样了！

城市里有一种茶社，比起“来扇馆”就像大辂之于椎轮了。有五色玻璃的窗，有仿西式的红砖砌的墙柱，有红木的桌子，有藤制的几和椅子，有白铜的水烟袋，有洁白而且洒上花露水的热的公用手巾，有江西产的茶壶茶杯。到这里来的先生们当然是非常大方，非常安闲，宏亮的语音表示上流人的声调，顾盼无禁的姿态表示绅士式的举止。他们的谈话和“来扇馆”里大不相同了。他们称他人不称“某老”就称“某翁”；报上的记载是他们谈话的资料，或表示多识，说明某事的因由，或好为推断，预测某事的转变；一个人偶然谈起了某一件事，这就是无穷的言语之藤的萌芽，由甲而及乙，由乙而及丙，一直蔓延到癸，癸和甲是决不可能牵连在一席谈里的，然而竟牵连在一起了；看破世情的话常常可以在这里听到，他们说什么都没有意思都是假，某人干某事是“有所为而为”，某事的内幕是怎样怎样的；而赞誉某妓女称扬某厨司也占了谈话的一部分。他们或是三三两两同来，或是一个人独来；电灯亮了，坐客倦了，依旧三三两两同去，或是一个人独去。这都不足为奇。可怪的是明天来的还是这许多人；发出宏亮的语音，做出顾盼无禁的姿态还同昨天一样；称“某老”“某翁”，议论报上的记载，引长谈话之藤，说什么都没有意思都是假，赞美食色之欲,也还是重演昨天的老把戏!岂止是昨天的,也就是前月,去年,去年的去年的老把戏。他们的生活就是这样了!

上海的马路上,来来往往的,谁能计算他们的数目。车马的喧闹,屋宇的高大,相形之下,显出人们的浑沌和微小。我们看蚂蚁纷纷往来,总不能相信他们是有思想的。马路上的行人和蚂蚁有什么分别呢?挺立的巡捕,挤满电车的乘客,忽然驰过的乘汽车者,急急忙忙横穿过马路的老人,徐步看玻璃窗内货品的游客,鲜衣自炫的妇女,谁不是一个蚂蚁?我们看蚂蚁个个一样,马路上的过客又哪里有各自的个性?我们倘若审视一会儿,且将不辨谁是巡捕,谁是乘客,谁是老人,谁是游客,谁是妇女,只见无数同样的没有思想的动物散布在一条大道上罢了。游戏场里的游客,谁不露一点笑容?露笑容的就是游客,正如黑而小的身体像蜂的就是蚂蚁。但是笑声里面,我们辨得出哀叹的气息;喜愉的脸庞,我们可以窥见寒噤的颦蹙。何以没有一天马路上会一个动物也没有?何以没有一天游戏场里会找不到一个笑容?他们的生活就是这样了。

我们丢开优裕阶级欺人阶级来看,有许许多多人从红绒绳编着小发辫的孩子时代直到皮色如酱须发如银的暮年,老是耕着一块地皮,眼见地利确是生生不息的,而自己只不过做了一柄锄头或者一张犁耙!雪样明耀的电灯光从高大的建筑里放射出来,机器的声响均匀而单调,许多撑着倦眼的人就在这里做那机器的帮手。那些是生产的利人的事业呀,但是……他们的生活就是这样了!

一切事情用时行的话说总希望它“经济”,用普通的话说起来就是“值得”。倘若有一个人用一把几十位的大算盘,将种种阶级的生活结一个总数出来，大家一定要大跳起来狂呼“不值得”。觉悟到“不值得”的时候就好了。

1921 年

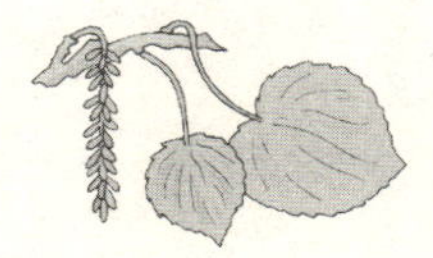

# 寒晓的琴歌

西北风吹来非常紧急，我的皮肤当着也不感觉什么，因为是麻木了，光秃的杨枝如狂地舞动，似乎可以听得他们憔悴的衰飒的哀声。白蒙蒙的晓雾笼罩着杨树的顶部，只见很模糊的稀疏而槎枒的枝痕，仿佛是用淡墨描的。太阳还没升高呢。斜射的淡薄的光凝滞和无力，穿不透浓雾，单给东面的雾略为增一些光亮。

这里是一大片旷野。四围尽是杨树，但现在都沉没在浓雾里，我不停地向前走，只有逐渐近我身旁的一两棵可以看见。在我的右面是一个营垒，约略可以看见雉堞式的围墙。营里早已没有兵卒驻扎了。离巢的乌鸦，不知他们为什么不飞到浓雾之外去扑一扑翅膀，却栖止在营墙上乱叫；这种声浪在西北风里扩散开来，就含有凄苦的况味。

这是十二月里的朝晨，我竟没遇见一个行人。寂寞和惆怅的心使我忘了自己，直到脚下踏着了小桥的石级，才知那一片旷野走完了。我无心地靠着桥栏下望，那河水流动得好急，一条波纹涌着一条波纹，显出高低不平的无数阶级。那后生的波纹特别有一线的白痕做标记，流到桥下，便同化于深蓝色的水波；那一线白痕又去做更后生的波纹的标记了。

"何来胡琴的声音？"我这么想。这是不会拉的人拉的：弦音尖厉而艰涩，旋律的进行屡屡间断，而且时常发出散音。我不待思索，我的脑子里立刻有一个念头回答我自己的疑问，"这条小桥边原有几家歌女，——我平常经过时见他们门上的题名，所以知道，——他们夜间应人家的征召，当然没有练习的工夫；此刻是清晨，征召他们的人睡了，他们才得在那里预备他们的功课。"

我望这几家沿河的楼窗，都紧紧地关着，窗上的明瓦零落了，有的糊着新闻纸，已是破碎，经了风只管往里吹；更看不见别的。但是我的想象力可以看见他们的屋内。那发出胡琴声音的一所屋里，有一个女孩子执着生疏而可怕的胡琴在那里练习。伊或者因为没有好好儿睡眠，困乏极了，或者因为手指寒冷，不能灵活自如，或者因为对于教者的威权恐惧而希望躲避，使伊的琴音更为恶劣，几乎不成音调。咿咿唉唉的声音连续送到我的耳管里，我如听疲者的呵欠，冻者的抖颤，弱者的心跳。而我心底的眼睛更看见伊矇眬欲睡的倦态，索瑟不堪的蜷缩，惊惶无奈的神情，——一幅难以描绘的图画。

和着琴音有低微的歌声了。何尝是歌声？这是个细小，怯弱，干枯，颤动的叫声。但我可以确定这是从一个十二三岁的女孩子的喉间发出的。伊的声音传出一切弱者柔软的灵魂，一切被侮辱者心底的悲哀。然则这正是很好的歌，不过不是供人家取乐，听着开开心的罢了。

可惜这时候人们都睡着了，这个歌声只我一个人听见。倘若在广大的都城里，聚集了成千上万的听众，教伊当众唱出这很好的歌，该会增进人们彼此之间的了解。但是我更有所忧虑，果真教伊当众唱出，伊哪里敢这样真切地唱呢！

我听了一会，一种奇异的感觉来袭我心，也辨不出是什么滋味。不要听罢。回首望刚才经过的旷野，依旧给沉默的滞重的浓雾笼罩着。

1921 年 3 月 31 日

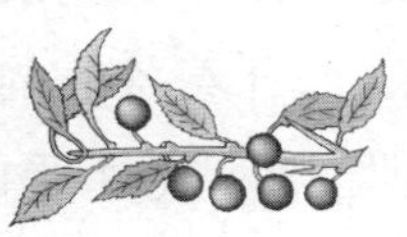

# 晓 行

朝阳还没升高，我经过田野间，四望景物，非常秀丽且静穆。一带村树都作浅黛可爱的颜色，似乎正在浮动。我便忆起初见西湖时的情绪：那时是初夏的朝晨，出了钱塘门，经过了一带石壁，忽然间全湖在目。环湖的浅青的山色含有神秘而不可说的美，我只觉无可奈何，同时也遗忘了一切。这是一种不可描绘的情绪，过后思量，竟是我生享受美感的很满足的一回。现在那些远处的村树仿佛是连绵的青山，而我所得的印象又与初到西湖时相似，然则我不是野行，竟是在湖上荡桨了。我原有点渴忆西湖呢，不料无意间得到了替代的安慰。

田里的麦全已割去。农人将泥土翻转来，更车了河水进来浸润着，预备种稻。已成形而还不曾长足的蛙就得了新的领土。他们狭小的喉咙里发出阔大而烦躁的声音，彼此应和，联成一片。他们大多蹲在高出水面的泥块上，或从此处跳到彼处；头部仰起，留心看去可以看见他们白色的胸部在那里鼓动。当我经过他们近旁的时候,他们顺次停止了鸣声,极轻便地没入水中。不一会,我离他们较远,一片噪音又在我背后喧闹了。

印有人及家畜的足迹的泥路上竟没一棵草。两旁却丛生野草,大部分是禾本科的植物,开着各色的小花——除了昆虫恐怕再没有注意他们的了。细小而晶莹可爱的露珠附着在花和叶上,很有可玩的意趣。远处粪肥的气味微微地送入我的鼻管,充满着农田生活的感觉,使我否认先前的假想:我并不在清游雅玩的西湖上。

我走到一个池旁。岸滩的草和傍岸的树映入池中,倒影比本身绿得更鲜嫩,更可爱。这时候池面还没受日光的照耀,深蓝色的静定的池水满含着沉默。池面的一角浮着萍叶,数叶攒聚处矗起些桂黄色的小花——记得前几天还没有呢。偶然有些小鱼游近水面,才起极轻微的波纹,或者使萍花略微颤动。

靠着池的东南岸是一所破旧的农舍, 屋后有一个水埠通到池面。我信足走去,已到了那所屋舍的前面。一扇板门开着,里面只见些破的台凳和高低不平的泥地。门旁两扇板窗都撑起,一个女孩儿站在窗下。屋前一方地和屋的面积一样大,铺着长方的小砖,是他们的曝场。

那女孩儿有略带红色的头发,非常稀疏,仅能编成一条小辫子;面孔很瘦削,呈淡黄色;眼光作茫昧的瞪视。她见了我,只是对我看,仿佛我身上丛集着什么疑讶。

我不曾走过这条路,看前面都种着豆,不见通路,疑是不能通过的了。便问她道:“从这里可以到那条河边么?”这个问询减损了她疑讶的神情的大部分,她点头道,“转过去就是。”我答应了一声,再往前去。她又说,“但是豆叶上全是露水,要沾湿你的衣裳和鞋。”我说“不要紧”,就分开两边的豆茎,顺着很狭的田岸走去。我虽然没听她的话,心里却感激她对于我——她的不相识者——的好意。

走完了种豆的地方便到河岸，我的鞋和衣裳的下半截真湿了。河水和池水一样地深蓝和静定,但因潜隐的流动有几处发出光亮。对岸的田里有几个农人在那里工作,因田地的空旷显出他们的微小。和平而轻淡的阳光照到田面,就像对一切给与无限的生意,一条田岸,一方泥土,和农人手里的一柄锄头,都似乎物质里面含有内在的精神。

我站着望了一会,便沿着河走。在我的前路有两个农人在那里车水:一架手摇水车设在岸滩,他们俩各执一个柄摇动机关,引河水到田里。不多时我已到了他们俩眼前。一个农人非常高大,露出的皮肤全是酱一般的颜色;面部皱纹很多,有巨大的眼睛和鼻子。他约摸四十多岁。又一个是二十出头的年纪,面目很像城市间的读书人;皮肤也不至于深赤;但是他四肢的发达的肌肉可以证明他是久操农作的人。他们俩只顾工作，非但不交一语,并且不看一看共同操作的伴侣。这个情形无论到什么地方都可遇见,锯开一段木头的两个木匠,同一作台的两个裁缝,都是好像没有第二个人在他们旁边似的。旁人看着他们,就要想他们何以耐得这般寂寞。其实旁人不就是他们,究竟寂寞与否怎便能断定呢!

水车引起的水经过一条临时掘成的沟流到田里。那条沟横断我的前路,而且有好些湿泥壅在两旁。我提起了衣服,正要跨过那条沟,那个年长的农人笑着对我说,“须留心跨,防跌交。”他说时两手停了工作,那个年轻的也停了,繁喧的水车声便划然而止。

我说,“不妨事,我能跨。”身体略一腾跃,已过了小沟。我来这一条未尝走惯的路上觉得一切的景物都新鲜,看农人车水也有趣味,时光又很早,所以就停了脚步。

他们俩见我过了小沟,便继续他们的工作。那年长的看着我问道,“先生是在那边学堂里的么?”

“是的。”

“那里的学生不止二三百吧?”

“不错,四百有余。”

“那些学生真开心,我从你们墙外走过,只听见他们笑和闹。大约不会有逃学的了。”

“逃学的确然没有。”停了一会,我问他说,“今年的麦收成想还不差,结实的时候不曾有过大风雨呢。”

“今年很好,五六年没有这样的收成了。”

“现在你这块田预备种稻了?”

“是的,”他指着五十步外一方秧田说,“那里的秧已长得那么高,赶紧要插了。”

我望那方秧田,柔细而嫩绿的秧生得非常整齐,好似一方绿绒。那种绿色是自然的色彩,决不能在画幅中看见,真足以迷醉人的心目。

他接着说,“我们在这田里车足了水,更犁松了泥土,就可以插秧。至迟到后天下午我们必得插秧。”他说时脸上有一种欣悦的神采,更伴着简朴真挚的微笑。

我说,“此后你们要辛苦了,添水拔草等工作你们天天要做,四无遮盖的猛烈的太阳又专和你们为难。你们以为这些是苦楚不是？”

“我们的日子自然不及你们那么舒服，但是也不见得苦楚。你们看我们以为苦楚，其实我们是惯了。我们乡村里的人谁不曾将两腿没在水田里尽浸？谁不曾将身体挺在太阳光中尽晒？我们从小到大都是这样，管什么苦楚不苦楚？”

“你们一定爱你们田里种的东西。”

“那自然，那是我们的性命。我们看他们很顺遂地发达起来，就好比我们的性命更为坚固且长久。前年那些天杀的小虫来吃我们的稻：一块田里的稻都已开花，忽然每棵稻的中段都折了，茎也枯萎了。留心看去，都是那些天杀的在那里作恶！我们没有法想，只对着稻田叹气！”他引起了以往的愤恨，语音便沉重且有停顿——这是乡村中人普通的愤恨的征象。

“你们为什么不捕捉？城里曾经派出许多人员教你们预防和捕捉的法子。”

“预防呢，我们不很相信那叫也叫不清楚的药料。晚上点了灯，盛了油，待他们来投死，确是个靠得住的法子，但是要大家一齐做才行——这怎么办得到呢？独有一两家这么做，自己田里的捉完了，别家田里的吃到没得吃了，就难民一般地搬了来，还是个捉如未捉。”

“前年的灾情真厉害。去年好些吧？”

“好些，”他冷笑着说，“但是总不能灭尽！他们作恶一连十几年，哪一年不和我们为难，至多恶毒得轻些罢了。”

“田主减收你们的田租吧？”

“总算减短些。”他仍旧冷笑。

“减短多少呢？”

“不一定。他们中间很有几家专会用取巧的法子。他们所有的田不一定全受虫灾，但是被灾的多，便统打个九折收租。他们的意思并不是要没受灾害的得些好处，简直是使受灾的更受些灾害！然而他们有他们的说法，‘惟有这样才便于计算；否则怎能一块一块田都看到，确定出应收的成数呢？’又有几家，他们先抛大了米价，却挂出牌子来说田租统打七五折。大家听了这一句，以为他们的租轻松些，便争先缴租给他们。到末了他们的收数独多，还是他们占了便宜。”

“前年你的田租打了几折？”

“我么？”他摇动水车格外用力，借此发泄他的不平，“自然是九折！先生可知道我种的谁家的田？”

“不知道。”

“邵和之，他的家就在你们学校的东面，先生总该知道。”

我便想起常在沿街的茶馆里坐着的那个人。他每天坐在靠墙角的桌旁。瘦削的两颊向里低陷；短视的眼睛从眼镜里放出冷酷的光；额上常有皱纹，因为常在那里思虑；总之，他的面孔全部含着计算的意思。我不曾见他和别的茶客谈话，除了和催甲或差吏计议农人积欠的田租的数目。——我所知于他的只有这些，但总算是知道他的，便答应那农人道，“我知道。”

“你想，我种的田就是他的，自然是九折了！”

“我不很知道他的底细，他收租很厉害么？”

“厉害！”他停了一会，又说，“田主收租谁都厉害，手段硬些软些罢了。邵大爷是惯用硬功的大王。”

“怎见得呢？”

“他算出来的数目就好比石头的山，不能移动一分。任你向他诉说恳求，巴望他减短一点，他的头总不肯点一点。欠了他的租，他就派差吏来叫去，由他说一个日期，约定到那一天必须缴还。他那双眼睛真可怕，望着他怎敢再求，只有答应下来，回来想法子，借债当东西全都做到，只求不再看他那双可怕的眼睛。”

他们俩停了手，挺一挺腰，望着四围舒一舒气，预备休息一会。河面忽然有一个声音，好似谁投了一块砖石。我无意地自语道，“什么？”看河面时，水花慢慢地扩散开来，最大的一圈已碰着对岸而消灭了。

那年轻的农人用艳羡的语气说，“该是一尾好大的鲤鱼。”他说时注视着河面。

“那位邵大爷，”年长的农人向我说，因为水车停了，显出他声音的响亮，“他有一次真是石头一般地定心，叫人万万学不来。他坐了船到东面杨家村里去收租。一家人家同他约了那一天的期，但是竟没法想，一个钱也弄不到。那个男子情急了，看见船摇进村，便发痴一般地避到屋后的茅厕里。差吏进门要人时，只见一个女人，知是避开了，略一搜寻，便从茅厕里把他拖了出来。那男子十分慌张，嘴里却说，‘我已有了钱，今天统可还清。’差吏听说，自然放了手。哪知那男子拔脚飞跑，竟往河里一跳！看见的人齐喊起来，一会儿村人都奔了出来。水里的人已冒了几冒，沉下去了。那时候邵大爷的舟子见将有人命交涉，恐怕被村人打沉了他的船，急急解缆想要逃走。你知那位邵大爷怎样？他跨上船头喝住舟子不许解缆。他的脸上毫没着急的意思，大声对岸上的人说，‘欠租是何等重大的罪名！他便溺死了，还是要向他女人算！’那时村人个个着急，听邵大爷的说法又觉得不错，哪还有劲儿打他的船，只拼命将河里的人救了起来。后来那个男子还是卖掉了留着自己吃的一石米,还清了租,才算了结。”

我听了这一段叙述,心里起一种憎恨的情绪,但并不只为那个姓邵的。因此,我低头望着河水——那时已不是深蓝的颜色,因为太阳升高了,——不答说什么,只发出个“哦”的声音。

“种了这种人的田,客客气气早日还租就是便宜。”他一手撑在水车的木桩上,以很有经验的神情向我这么说。

“像你,种田过活,还过得去吧?”我想和我对面的人或者也曾受过严酷的逼迫,所以急切地问他。

“多谢先生,我还算过得去。单靠这几亩田是不济事的。我另有几亩烂口,一年两熟半,贴补我不少呢。”

“那就舒服了。”我如同身受那么安慰。

水车的机关又转动了,河水汩汩地流入田里。我想我的工作快要开始了,怎能只看着他人工作呢?我对那农人说,“他日再同你谈吧。”便向前走去。

水车的声音里带一个似乎很远的人语声——“改日再会”——在我的背后。

1921 年 6 月 11 日

# 啼　声

睡眠不得宁贴的,莫过于怀中抱着婴孩的母亲了。独对寒月的思妇,含泪阖眼的鳏夫,睡眠都比她宁贴。惟有她,完全抛开了自己,竟不把睡眠当一回事。眼睛虽或阖着,有时也发出疲倦的鼾声,然而心神是永远清醒的。这清醒的心神凝定专一,只守护着熟睡的婴孩,婴孩一伸手,一转侧,没有不感应似地立时觉察出来。不但如此,便是婴孩的一切感觉,没有什么外面表现的感觉,她也能觉察,好像受了神秘的启示。婴孩没有放出饥饿的啼声时,她就给奶吃;婴孩将要张开疲倦的小眼时,她就拥抱得更紧贴一点。这样,她的睡眠就不成其为睡眠了。

妻趺坐着, 抱着新生的女婴给奶吃了。昏黄的灯光透过蚊帐,她们俩就占据在这闷热的昏黄的方的空间里。不知道是什么时候,细碎的钟摆声不能告诉我们时刻。约略听得窗外有细细屑屑的雨点声,但也不一定是雨点,细听去却又没有了。

女婴吃了一会儿奶,忽然哭了,声音很激越,有极短的间歇。

妻轻轻地拍着她的小身躯,同时发出柔美的睡梦似的呜声。但是没有效果,女婴的啼声依然不止,而且有点沙哑无力了。

我想:今夜妻已经坐起了好几回。她的心神固然永远清醒着,她的身躯总该睡一会儿。现在女婴的啼哭不会一时便歇,要她熟睡,时间当然更长,那么今夜妻的睡眠不将无望了么?

我这么想着,便起来将女婴接过来。同时叫妻躺下去睡,毫不经心地睡;我自会抱她,呜她,待她止了哭,睡熟了,也会拥着她。有几夜我们也曾这么做,不是第一次了。于是妻就侧身躺下,散乱的头发盖着她尚未恢复的苍白的左颊,入睡了。

到了我的床上,我靠着枕头,半躺地坐着。女婴的啼声弛缓而轻微了。她的略微张开的眼睛,有些不成滴的泪痕,似乎瞪视着我。丰满的两颊,垛起的可爱的小嘴唇,虽然二十多天内看惯了,还像乍见似的,只觉得这形象蕴蓄着无限的希望;便在昏晕的灯光里,我的倦眼仍不厌地看着她。我也同妻一样轻轻地拍着她的小身躯,还发出粗劣而不中节的倦怠的呜声。这样不知经过了多少时间,她的啼声听不见了。

女婴向我开口了。这是这样的:她不仅是她,也就是人间无量数的子女和学童。我听了她的话,同时也听了人间无量数的子女和学童的话。我不仅是我,也就是人间无量数的父母和教师。我在听着,人间无量数的父母和教师也在听着。她和我都变化了,一个就是众多,众多就是一个。但是我绝不觉得这回事有点奇怪,只觉得情形本来如此。

她没有开口之前,举起小拳头向我作打击的姿势,眼睛张得很大,射出愤怒的光。语声从小嘴里发出,很有威严,使我懔然。她说,“你这么拍我,呜我,在你以为是爱我;如其不往深处想,我也可以承认你是爱我。但是,你终究是我的仇敌!”

“这多么足以惊怪,突然指我们是他们的仇敌!既然爱了,为什么又是仇敌呢?”这时候我觉得“我”和“我们”竟是意义相同的,可以随便换用的两个代词了;而“她”和“他们”,“你”和“你们”也一样。我心里虽然惊怪,却并不开口问她,为的什么,我自己也不明白。

“你们试想,你们所谓爱我们的,有多少意义?不如确切一点说,这是你们自己的游戏和消遣。先问你们:你们曾为我们的身体着想而寻求过适宜的保育方法么?你们曾为我们的智慧着想而给与过有价值的玩具么?你们曾为我们特设过一种好的环境么?你们曾为我们讲说过一些好的话语么?你们曾针对我们的需要而付与过么?你们曾觉察我们的危害而预防过么?总之一句话,你们曾真个为我们尽过一点心么?”

我只是不开口。她的——也可以说他们的——脸上露出鄙夷和嘲讽的神情,接着说,“为什么不开口?答不出来么?自知的确不曾有过,不好意思开口么?看你们那样羞惭的眼光,知道后面一句话我们说中了。真个不曾有过,却还自以为爱我们!这种肤浅的爱值得什么呢?

“你们只是游戏和消遣罢了!不管是什么食品,你们高兴的时候,便是粘韧难以消化的,也同喂猫狗一般给我们吃了。我们所需要的营养料,你们反而不给,因为你们觉得没意思。不管是什么衣物,你们以为可以装饰你们的小玩偶的时候,便是笨重累赘的,也给我们穿了戴了。我们所需要的轻暖舒适的服饰,你们反而不给,因为你们不喜欢。你们中间穷苦的,给我们吃,有一顿没一顿,给我们穿,掩了下身掩不了上身。黑暗的积满灰尘的屋角里，我们被扔在那里蜷缩着。繁殖着臭虫蚤虱的草铺上，我们被扔在那里躺着。这就是你们的保育方法了。

“你们中间，有些人同牛马一般，肩背上担负着不可堪的工作，要我们帮一点忙，便将笨重的工具授与我们，叫我们软弱无力的小手拿着，也照样工作。有些人读惯了某些书本，看惯了某些画幅，要我们尝到同样的滋味，便将那些书本画幅授与我们，叫我们照样读着看着。你们喜欢赌博，当赢了钱非常乐意的时候，就给我们一副纸牌，叫我们照样玩去。你们喜欢参拜神像，当参拜完毕，信心坚强的时候，就给我们一个蒲团，叫我们多拜几拜。这些就是你们所给与的玩具了！

“空旷的原野，你们以为是野蛮人居住的地方。葱绿的树林，你们说里边藏着老虎。小刀小斧小锥小凿是下流的木匠的家伙；颜色铅粉有什么用，又不要当什么画小照的旁画工：你们是常常这么说的。你们要将你们的小玩偶造成个又斯文又高贵的东西，所以把我们藏在又方正又简单的房间庭院里。你们的院子和校园，干净到一无所有。你们的房间和课堂里，方方的桌子，方方的椅子，一不小心就会撞破了头，使我们不敢奔跑。你们中间穷苦的，又何尝不希望有那样又方正又简单的房间庭院，将我们养在里边；不过办不到罢了。可是，你们的家又太过狭窄杂乱了，粥锅，便器，草席，桌，凳，种种东西尽将我们挤，将我们挤到了门外。于是我们只能在泥渍水浸风沙飞扬的街上打滚。这就是你们给与我们的环境！

“你们又何尝同我们谈过话！你们坚信小玩偶不是你们谈话的对手，你们自有你们的高尚而有意义的思想，不是我们所能懂得的。你们中间操劳的，自己当机器还来不及，自然也不同我们谈话。只有你们快活的时候，才‘小宝贝’‘小心肝’地叫一阵；不爽快的时候，就‘讨厌的东西’‘我要打了’‘快给我滚开’地骂一回。这使我们不能想清楚一个念头，说完全一句话，因为想念头和说话都靠谈话做钥匙，而你们对我们只有欢叫和怒骂！

“感谢你们，特地标出极重大的题目，像煞有介事地，教育我们了。你们保存着古昔传下来的记忆，相信这些完全是好的，因为合着你们的脾胃；你们就将全部传授给我们，还希望我们也照样传授下去。我们曾否向你们需要这些，曾否感激你们的传授，你们却完全不问。你们自有你们的模型，我们是烂泥，要制造只供玩耍的泥人儿，将烂泥往模型里按就是了。这就是你们的教育！

“你们自身害了没法治的恶病，毫不经意地把我们生了下来，于是我们终身受冤屈，也害着恶病了。外间疫病流行的时候，你们如无其事，带着我们在病菌飞舞的地方乱走，于是我们得到传染，性命危险了。我们的学龄到了，你们随随便便地，把我们送到一个学校就算。我们的恶习萌芽了，你们还从旁赞扬，说你们的小玩偶乖觉。你们就是这样地不关心我们！

“总之，你们起劲的时候，便想起我们，照着自己的意思，取出来玩弄一番，正像猫儿弄垂死的老鼠当游戏，老太太用骨牌打五关做消遣。要是你们不起劲，没工夫，就同没有我们一样，我们被搁在一旁，在你们的心意中占不到百分之一的地位。

“你们究竟真个为我们尽过一点心么？一点，只要有一点，我们就承认你们有真个爱我们的根苗了。但是，这一点在哪里！”

她的——他们的——面容变得惨厉，声音带着凄楚了。我只是醉迷迷地听，不想开口。

“我们是要不停地前进，向将来走去的。这将来虽然尚在前方，但我们可以预测，多一半是惨酷的遭遇。我们固然要奋发自己的能力，和那些惨酷的遭遇斗争。可是我们已经做了你们的玩物，你们的消遣品，我们已经被损害了。斗争的结果怎么样，正难说呢！

“你们听着：我们的身体将脆弱而多病！我们的情感将淡漠而无所属！我们的思想将拘束而不得自由！我们将无所有，无所能！我们将微小如沙粒，卑弱如蚯蚓！这都是你们的赏赐！你们究曾爱我们么？

“我们不曾请求你们做父母做教师呵！你们既然不自谦地做了，爱我们就是你们的责任。你们却不能爱！不能爱也罢了，退一步说，总该不给我们损害。你们偏又随时随地给我们损害！你们不是我们的仇敌么？

“我们不愿有虚幻的奢侈的希望——希求你们的爱，只欲抗拒你们将我们作游戏和消遣，就是你们自以为爱我们的那一套。至于我们，也决不能爱你们，因为我们没有受到你们一点好处，你们是我们的仇敌，不给帮助反加损害的仇敌！”她说着，哀哀地愤愤地哭了，我听见他们哀哀地愤愤地哭了。

妻的不眠的心神感应着女婴的哭声，半身爬起来，揭开蚊帐唤我。我醒了，听得稀疏的雨点敲着白铁水落的寂寞的声响。女婴在我臂弯里啼着，一副愁苦的脸，小胳臂用力舞动，手握着小拳头。

妻温柔地说，“我的心肝，到妈妈怀里来吧！”

我起身抱女婴给她，心中迷惘地想，“不要妈妈爸爸的，且求不至于做她的仇敌吧！”

1922 年 5 月 23 日

# 从墓似的人间

上海有种种的洋房，高大的，小巧的，红得使人眼前晕眩的，白得使人悠然意远的，实在不少。在洋房的周围，有密叶藏禽的丛树，有交枝叠蕊的砌花，凉椅可以延爽，阳台可以迎月。在那里接待密友，陪伴恋人，背景是那样清妙，登场人物又是那样满怀欢畅，真可谓赏心乐事，神仙不啻了。但是我不想谈这些人和他们的洋房，我要引导读者到狭窄的什么弄什么里去。

在内地有这么一个称谓，叫做“上海式房子”，可见这种房屋的式样是起源于上海而流行到内地去的。我想，再减省不得再死板不过的格局，要数上海式的房子了。开进门去，真是井一样的一个天井。假如后门正开着，我们的视线就可以通过客堂，直望到后面一家人家的前门。客堂后面是一张峭直的扶梯，好让我们爬上楼去。最奇妙的，扶梯后面还不到一楼一底的高度，却区分为三，上是晒台，中称亭子间，下作灶房。没有别的了，尽在于此了。倘若要形容家家相同的情形，很可以说就像印板文字那样，见一个可以知道万万。住在这种房屋里的人们,差不多跟鸽子箱里的鹁鸽一样,一对对地伏在里边就是了,决说不到舒服,说不到安居,更说不到什么怡神悦性的佳趣。但是,假如一对夫妇能占这么一所房屋,他们就是十二分的幸运者,至少可以赠给他们"准贵族"的称号了;更有无量数的人,要合起好几对来,还附带各家的老的小的,才得以占这样一所房屋,他们连鹁鸽都不如呢!

最大的限度,这样一所房屋可以住七八家人家。待我指点明白,读者就不会以为是奇闻了。客堂以及楼面各用板壁划分为二,可以住下四家,这是天经地义,所以平淡无奇。亭子间可以关起门来自成小天地,当然住一家。各家的饭都在自己的领域里做,那么灶房里也可以住一家。在晒台顶上架起些薄板,只要像个形式,不管风来受冷,雨来受淋,就也可以住一个单身汉或者一对孤苦的老夫妇。再在楼板底下,客堂后半间的上面,搭成一个板阁,出入口就开在扶梯的半腰里,虽然出进非爬不可,虽然陈设不下什么床铺,两三个"七尺之躯"还容得下,所以也可以住一家。这不是八家了么?

情形如此,我们还称这是一所房屋,似乎不很适当了。试想夜深入睡的时候,这里与那里,上层与下层,都横七竖八躺满了人,这不是与北城郊外,白杨树下,新陈错杂的丛墓相仿佛么?所不同的,死人是错乱纵横躺在泥土之中,这些睡着的人是错乱纵横躺在浑浊不堪而其名尚存的空气之中罢了。

丛墓里的死人永远这样躺着,错乱纵横倒还没有什么关系,这些睡着的人可不然,他们夜间的墓场也就是白天的世界。一到晨梦醒来,竖起身子,大家就要在那里作种种活动;图谋生活的工作,维持生活的杂务,都得在这仅够横下身子的领域里干起来。他们只有身体与身体相摩,饭碗与便桶并列,坐息于床铺之上,烧饭于被褥之侧:今天,明天,今年,明年,“直到永远”!

在这个领域里实在也无从整理，当然谈不到带着贵族气息的卫生。苍蝇来与他们夺食,老鼠来与他们同居;原有的窗户因为分家别户不免少开几扇,一部分清新的空气就给挡驾了,于是疾病之神偷偷地溜了进来,这家煨破旧的泥炉,那家点无罩的煤油灯,于是祝融之神默默地在那里相度他的新领土。小孩在这个领域里产生出来,生活过来,不是面黄肌瘦,软弱无力,就是深深印着这么一个观念,杂乱肮脏就等于生活,于是愚蠢者卑陋者的题名册上又要添上许多名字。总之,这活人的丛墓前面清清楚楚标着这样几个无形的大字,就是“死亡,灾难,愚蠢”。

是谁把这什么弄什么里化成丛墓的呢？是谁驱使这许多人投入丛墓的呢?这些真是极其愚笨的问题。人家出不起独占一所屋子的钱,当然只好七家八家合在一起住。所以,如果要编派处分,谁也怪不得,只能怪住在丛墓里的人自己不好,你们为什么没有富足的钱!你们如果怪房东把房价定得太贵,房东将会回答你们说:“我是将本求利的,这房屋的利息是最公道的呢。我并不做三分息四分息的营生。你们不送我个‘廉洁可风’的匾额,倒怪起我来了么！”你们如果去怪市政机关没有限制,没有全盘的规划,市政机关会回答你们说:“就因为我们没有限制,你们才有个存身之处。有了限制,你们只好住到郊野去了！至于空阔舒畅的房屋尚没有人住的,某处有一所美国式的洋房,某处有一所带花园的别墅,某处某处有什么什么,你们为什么不去买来或租来住呢？”他们都不错,只有你们错,你们为什么没有富足的钱!

为千错万错的人们着想,只有两条路。其一,回复到上古的时代,空间跟清风明月一样,不用一钱买,在山巅水涯自由自在地造起房屋来。其二,提倡货真价实到二十四分的精神生活,尽管七家八家挤在一起,但是天理可以胜人欲,妙想可以移实感,所以大家能优游自适,无异处高堂大厦。

假如既已出了轨的世运的车是继续向前奔驶的,那么回复到原来的轨道是没有希望了,第一条路通不过去了。假如理学不昌,生活不能不依赖物质,那么七家八家死挤,总是莫大的悲哀,第二条路又通不过去了。

这似乎颇有点绝望。但是也不尽然。平心而论,同是一个人,所占空间应该是同样大小,没有一个人配特别占得多,也就没有一个人该特别占得少。你能说出谁配多占谁该少占的理由么?能够做到所占均等,能够做到人人得有整洁舒适的居所,那么,丛墓就恢复为人间了。这决不是开起倒车,退到歧路那儿,然后郑重前进的办法所能办到的。这须得加速度前进,飞越旧的轨道,转上那新的轨道。

什么事情的新希望都在于转上新的轨道。困在丛墓中而感到悲哀的人们,就为这一点悲哀,已经有奔向新的轨道的必要了。

1924 年 7 月 19 日

# 深夜的食品

里的总门虽然在九点钟光景关上了，总门上的小门，仅容一个人出入的，却终夜开着。房主以为这是便利住户的办法，随便什么时候要进要出都可以；门口就有看门人睡在那里，所以疏失是不至于有的。这想法也许不错，随时可以进出确实便利；然而里里边却出了好几回疏失，贼骨头带着住户的东西走了。这是否由于小门开着的便利，固然不能确凿断定。

我想有一些人必然感激这小门的开着，是不容怀疑的，那就是挑售食品的小贩们。我中夜醒来（这是难得的事），总听见他们的叫卖声："五香茶叶蛋！""火腿热粽子！""五香豆腐干！""桂花白糖莲心粥！"还有些是广东人呼喊的，用心细辨也辨不清，只听见一连串生疏的声音而已。这时候众喧已息，固然有些骨牌声、笑语声、儿啼声在那里支持残局，表示这里里的人还没有全部入睡，但究竟不比白天的世界了。这些叫卖声大都是沙哑的；在这样的境界里传送过来，颤颤地，寂寂地，更显出这境界的凄凉与空虚。从这些声音又可以想见发声者的形貌,枯瘦的身躯,耸起的鼻子与颧颊,失神的眼睛,全没有血色的皮肤;他们提着篮子或者挑着担子,举起一步似乎提起一块石头,背脊是弯得像弓了。总之,听了这声音就会联想到《黑籍冤魂》里的登场人物。

有卖东西的,总有吃东西的。谁在深夜里还买这些东西吃呢?这可以断然回答,决不是我们。我家向来是早睡的,至迟也不过十一点钟(当然也是早起的)。自从搬到乡下去住了三年,沾染了鄙野的习俗,益发实做其太古之民了。太阳还照在屋顶,我们就吃晚饭;太阳没了,我们就"日入而息",灯自然要点一点的,然而只有一会儿工夫。近来搬到这文明的地方上海来住,论理总该有点进步,把鄙野的习染洗刷去一部分,但是我们的习染几乎化为本性了;地方虽然文明,与我们的鄙野全不相干,我们还是早吃晚饭早睡觉。有时候朋友来访,我们差不多要睡了,就问他们:"晚饭吃过了吧?"谁知他们回答得很妙:"才吃过晚点,晚饭还差两三个钟头呢。"这使我惭愧了,同时才想起他们是久居上海的,习染自然比我们文明得多。像我们这样的情形,决不会特地耽搁了睡觉,等着买五香茶叶蛋等等东西吃的;更不会一听到叫卖声就从床上爬起来,开门出去买。所以半夜的里里虽然常常颤颤地寂寂地喊着什么什么东西,而我们决非他们的主顾。

那么他们的主顾是谁呢?我想那些神明不衰,通宵打牌的男男女女总该是其中的一部分。他们尚未睡眠,胃的工作并不改弱,到半夜里,已经把吃下去的晚餐消化得差不多了;怎禁得那些又香又甜又鲜美的名称一声声地引诱,自然要一口一口地咽唾沫了。手头赢了一点的呢,譬如少赢了一些,就很慷慨地买来吃个称心如意(黄包车夫在赌场门口候着一个赌客,这赌客正巧是赢了钱的，往往在下车的时候很不经意地给车夫过量的钱，洋钱当作毛钱用；何况五香茶叶蛋等等东西是自己吃下去的，当然格外地慷慨了）。输了的呢，他想借此告一小段落，说不定运气就会转变过来；把肚皮吃得充实些，头脑也会灵敏得多，结果“返本出赢钱”，吃的东西还是别人会的钞。他这么想的时候，就毫不在乎地喊道：“茶叶蛋，来三个！”“莲心粥，来一碗！”

其次，与叫卖者同属黑籍的人们当然也是主顾。叫卖者正吞饱了土（烟土）皮，吃足了什么丸，精神似乎有点回复，才出来干他们的营生；那些一榻横陈，一枪自持的，当然也正是宿倦已消，情味弥佳的当儿，他们彼此做个交易，正是适合恰当，两相配合。抽大烟的人大都喜欢吃烫热的东西，有的欢喜吃甜腻的东西。那些待沽的东西几乎全是烫热的，都搁在一个小炉子上，炉子里红红地烧着炭屑；而卖火腿热粽子的，也带着猪油豆沙粽，白糖枣子粽；这可谓恰投所好了；买来吃下去，烫的感觉，甜的滋味，把深夜拥灯的情味益发提起来了，于是又重重地深深地抽上几管烟。

其他像戏馆里游戏场里散归的游人，做夜间工作的像报馆职员之类，还有文明的习染已深，非到两三点钟不睡的居民，他们虽然不觉得深夜之悠悠，或者为着消消闲，或者为着点点饥，也就喊住过路的小贩买一些东西吃。所以他们也是那些深夜叫卖者的主顾。

我想夜间的劳工们未必是主顾吧。老板伙计一身兼任的鞋匠，扎鞋底往往要到两三点钟；豆腐店里的伙计，黄昏时候就要起身磨豆腐了；拉夜班的黄包车夫，是义务所在，终夜不得睡觉的，他们负着自己和全家的生命的重担，就是加倍努力地做一夜的工作，也未必能挣得到够买一个茶叶蛋一只火腿粽的闲钱来；

他们虽然听着那些又香又甜又鲜美的名称而神往，而垂涎，但是哪里敢真个把叫卖者喊住呢！

他们不敢喊住，对于叫卖者却没有什么影响，据同里的人谈起，以及我偶尔醒来的时候听见的，知道茶叶蛋等等是每晚必来的；这足以证明那些东西自会卖完，这一宗营生决不因为我们这样鄙野的人以及劳工们的不去作成它而会见得衰颓的。

1924 年 8 月 26 日

# 苍蝇

住在这里里，第一件不如意的事要数苍蝇的纷扰了。晨光才露，我们还没有起来，就听见昏昏的嚷嚷之声。等到一开门，又扑头扑面地飞进许多新客，它们与隔宿留在这里的旧客合伙，于是嚷嚷之声使你心烦意乱，不知如何是好。

市上的苍蝇拍脆弱得可怜，用不到两三天便纱穿柄脱，只剩三四分的效用了。妻不愿意再买，自己去买了一方铁纱，手制成三个苍蝇拍；那铁纱颇结实，拿着虽觉重一些，而所向必能奏功，那是不待试验的。于是妻一个，母一个，孩子也是一个，捕蝇队居然组织起来了；别的都不管，一心一意只在于拍，拍，拍，差不多半天工夫才停手。地上的蝇尸足有一酒杯的容积，若在夸耀武功的人，这也足以“取其鲸鲵而封之，以为京观”了。又把吃饭的桌子储菜的橱子以及地板都用水冲过抹过，以免招引未来的新客。这时候耳根特别清静，脸上手上也没有刺得痒痒的感觉，大家很安适。

但是,我家没有富翁准富翁家里所有的铁纱门窗。出进是不得不开门的,为要透气,窗又不得不开着;不多一会工夫,不招自至的新客又从门外窗外飞进来了。起初只略见几个在眼前掠过,继而就成轻微的营营,终于是不可堪的骚扰了。

于是捕蝇队继续努力,不休不歇,只是拍,拍,拍。

这样经过了三五天,妻觉得无聊了;几个人什么也不做,却一天到晚不得空,只是拿着这劳什子拍,拍,拍,算个什么呢！她提议改用捕蝇纸,以为这是以逸待劳,而且或许可以一网打尽的办法。那一天我到租界去,就买了几张捕蝇纸回来。

捕蝇纸上确乎粘住不少苍蝇, 到处横飞的现象也似乎觉得好些。至于一网打尽,却还远之又远。那些苍蝇不飞到铺着蝇纸的地方去,犹如野兽在没有陷阱的地方消遥,就奈何它们不得。有些已经走近了那纸的胶质,用口器或前脚轻轻去探一探,就振翅飞去了。看它们那样轻捷的姿态,似乎故意表示警觉与狡狯。捕蝇纸对它们自然是失败了。为补救这等缺点起见,捕蝇队还是不能退伍,还是要常常拿起这劳什子来拍,拍,拍。

这个里在去年还是一片荒地,是粪尿废物的积聚所。苍蝇曾在这一片地上有过一段繁盛的历史,那是可想而知的。自从房屋落成,道路铺好以后,我想去冬未死的老苍蝇定有今昔之感了。幸而还有几个垃圾桶,它们可以在那里长养子孙,绵延族类。里中住户大概是“多一事不如少一事”之流,他们开了桶盖,倒了垃圾,转身就走,桶盖就让它开着。他们家里吃了饭或是瓜果,所有骨壳皮核渣滓之类就随手向门外丢,省却一番洒扫的麻烦。这对于苍蝇实在是无上功德:它们在垃圾桶里闷得慌,桶盖开着,就可以自由自在出来看看广大的世界;它们没有可口的东西吃,无谓游行也未必有趣,骨壳之类遍地,就无往而不写意了。安知那营营的声音里,它们不是在唱“被人类劫夺了的领土,现在光复了”的得胜歌呢。

我们觉得苍蝇可厌，希望它们不要来骚扰我们，根本的办法,自然在于做到这里里没有苍蝇。简单想想,似乎这一点不难办到。凡是苍蝇的发祥地,如垃圾桶之类,都给它倒些杀虫药水;垃圾桶盖每开必关,骨壳之类一定要倒在垃圾桶内,以免游行的苍蝇饱吃和追逐;捕蝇拍和捕蝇纸家家必备,有飞进门来的,总不让它侥幸生还;这样,不消半个月工夫,就可以做到一个苍蝇都没有了——这算得难办的事么?

怎么能约齐家家户户一起合作呢?这似乎不成问题;我们想起了这办法，就由我们向邻居传说，这是最方便不过简单不过的。除尽了苍蝇,大家舒服,不光是我们一家受到好处,哪会有不赞成的道理?

但是,我们的经验开口了:“不然,大不然。你劝他们把垃圾桶盖关了,他们说偏不高兴关,你怎么样?你劝他们不要把骨壳等物丢在路上,他们说偏爱这么丢,你怎么样?你劝他们扑灭苍蝇,买拍子,买灭蝇纸,他们说没有这等闲钱闲工夫,或者爽性回答你一句,他们不怕什么苍蝇,你又怎么样?所以约齐家家户户一起合作,不过是个梦想罢了!”

经验的那种老练的腔调每足使希望的心爽然若失；它这样说，我们的办法不就等于无法么?“这个里将永远是苍蝇的世界,”我们想,“澄清既无望,还是搬到别处地方,没有苍蝇的地方去住吧。”

但是,这实在是腐败的不道德的思想!我们搬走了,不是就有一家搬来住么？ 我们怕苍蝇，所以要搬走，却让给了后一家，难道他们就命该受苍蝇的累么？譬如吃一样东西，我们尝了一点儿，发现这是含毒的，就吐掉嘴里的，丢掉手里的，自顾自走开了。人家不知道，拣起地上的东西，无心地大嚼起来，结果不是牺牲一命，就是沉疴三月；这不是我们的罪恶么？所以凡是尝到了毒物，最正当的办法是先把毒物消灭净尽，再进一步，想法制成无毒有益的东西供大家吃；倘若舍此不图，就是腐败，就是不道德！而搬到别处去住的思想正与随手丢掉毒物的情形相仿佛，这怎么能要得！由此类推，住在上海地方的人说上海太污浊，须得离开它；住在中国地方的人说中国太不堪了，须得抛弃它，也同样是腐败的不道德的思想。唯其污浊，唯其不堪，我们一定要住在这里；使它干净，使它像样，是我们最低限度的责任；改造成个灿烂的上海，涌现出个庄严的中国，是我们进一步的努力。到了那个时候，情形又不同了；高兴住的当然住下，想换换空气的就不妨离开，因为与道德不道德的问题没有关系了。

话说开来了，现在回过来：总之，搬到别处去的办法是要不得的。那么，装起铁纱的门窗来，行么？我们并不主张还淳返朴，现在固然未必装得起，可是确乎希望有一天家家户户装起铁纱门窗来。然而，即使家家户户装起了铁纱门窗，若不从扑灭苍蝇这方面下手，苍蝇还是要猖狂的；它们进不进我们的居屋，就在路上扑头扑面地飞舞；偶尔闪了进来，就像进了养老院，终身隐居于此了。

至此，我们可以制定一句格言：“我们嫌苍蝇讨厌，只有一法，就是扑灭它们。”

而单独扑灭之不能收效，我们的经历已经证明了；所以上面的格言还得修正为以下的说法:“我们嫌苍蝇讨厌,只有一法,就是联合邻里共同扑灭它们。”

这真像苏州城外坐马车,绕了一个圈子,仍旧回到原地方了。我们的经验不是已经说过,这是个梦想么?

不错,我们的经验确曾这么说。但是,一切梦想如能不致发生,发生之后如能马上消散,那自然没有什么;设或不能,梦想在前头诱引着,我们在这里可望而不可及,总是一种莫甚的懊丧。这只有奋力向前,终于跨进梦想的实境,把经验先生的见解修正一下,才能彻底排除这种懊丧。除此之外,再没有丝毫的办法,唯有终于懊丧而已。

所以我们要扑灭苍蝇,想联合邻里通力合作,虽然被经验先生嗤为梦想,我们却只有走这一条路。怀着梦想的既是我们,当然先由我们向邻里们一一传告。这当儿,“偏要这样,不高兴那样”的回声是必然会有的,但这算得了什么!给孩子们吃药,不是总回你个哭脸么?我们还是凭我们的真诚与理由,锲而不舍地向他们陈诉。总有一天,他们会觉得垃圾桶是非关不可的,骨壳等物是非当心收拾不可的,买蝇拍灭蝇纸并非浪费的开支,拍拍苍蝇并非无聊的消遣;总而言之,他们也觉得苍蝇是必须扑灭的了。于是通力合作,处处注意,不消半个月,苍蝇就可以消声绝迹。于是在这原先苍蝇猖狂的里中,也得享受没有一个苍蝇的欢乐。

这当然是大众的舒服。然而我们的得以享受这舒服,不得不感激邻里们的明达与努力;因为他们是我们仅有的伙伴,如果他们不明达不努力,灭尽苍蝇依然只是我们的梦想。

说了一大堆话,苍蝇还是三三五五在眼前飞舞着。但我们的路是决定了,其要旨如上述,今后就照此做去。

末了想蛇足地说一句:扑灭苍蝇是如此,扑灭类似苍蝇的任何事物,也是如此,惟有去找我们仅有的伙伴,惟有靠着伙伴们的明达与努力。

再蛇足一句:一个人如其不能够扑灭里里的苍蝇,再也不用抱着扑灭类似苍蝇的东西的梦想了——因为无非徒然抱着个梦想而已。

1924 年 8 月 29 日

# 希　望

希腊神话里这样说：天上众神之王宙斯派他的使者曼克莱送一个女子到地上来，随后又派曼克莱带来一只小箱子，寄存在那女子和她的男子同居的地方。那女子见这只雕镂精致的箱子没有锁，只用一条金索捆着，很想解开来看一看。但是她的男子不同意偷看别人的东西，劝她不要多管闲事。她难过极了，几乎忘了一切，总想看一看才好。当她一个人在房里的时候，听见箱子里发出一阵声音，越来越清楚，原来在喊她的名字，求她援救。她再也忍不住了，同时外面有脚步声，来的一定是她的男子，等他跨进门来就要被他阻止，她就急忙解掉金索，揭开箱盖。仅仅开到一条缝那么宽，里面就冲出来一群长着翅膀的小东西，一会儿四处飞散了。这些小东西是制造烦恼的专家，其中有病魔，有罪魔，有战魔，有仇恨嫉妒的恶魔；于是世界上开始有烦恼了。那女子自知闯了一场大祸，非常懊悔，只要有什么法子可以补救，她都愿意去做。正当她吓得放手的时候，箱子就关上了，里面又有一阵呼声送出来，说："只要放我出去，我能医治你们的痛苦。"那女子又惊又喜，又怀着疑心，但是除了姑且试一试没有别的办法。最后放出来的那个小东西却是好的，名叫"希望"。他能补救他的同伴们的过失。世界上受到他的同伴们的蹂躏而感到烦恼的，一遇到他，就能够产生新精神，勇于向前干。"希望"这个小东西真值得称颂啊！

现在讲一个老鼠的家族。这个家族并不繁盛，计有公鼠两名，母鼠四口，其中大的一公一母是夫妇，其余都未成年，是他们的儿女。大概"希望"这个小东西是墨子的信徒，他安慰了世界上的人，也不肯亏待世界上的老鼠。这个老鼠家族受到他的安慰，恬适地过日子，直到最后。故事如下：

"痒啊，痒。"一只小公鼠索索地牵动着身躯说。

"我这张皮要是能够撕下来倒还舒服些。"一只小母鼠项颈的部分痒得最厉害，不住地旋转她的头。

"蚤虱这东西最乖觉不过，嘴咬过去，就不知钻到哪里去了！"又一只小母鼠这么说，随后又低下头去向胸腋间一口口地咬。

"没有办法，痒啊，痒。"小公鼠翘起细长的尾巴在自己背上只是抽。

老公鼠伏在暗角里，全身都隐没不见，只有两颗眼珠子闪出一点儿光。他沉静地说道："我难道不痒么？我也同你们一样的痒。只因闹也没有用，不如定心养养神的好，所以半个字也不说。"

"不错，"一群小鼠赞同地想，"闹也没有用。我们闹我们的，蚤虱咬它们的，有什么办法呢？还是定心养养神来得受用些。"但是痒究竟熬不大住，他们仍旧浑身牵动着。

"我倒有一个希望在这里。"老公鼠不要不紧地表示他的意见。

“希望！”一群小鼠都像刚刚畅搔了一阵，觉得异常松爽，齐声喊了出来。

“我想，我们要捉尽蚤虱，应当请求那只白猫帮助。他身上也生过蚤虱，但是现在都给他捉光了。他的眼力，他的趾爪，我们向来是佩服的，他又有了新的经验，不找他还找谁！他会不会欺侮我们，我想大概不至于，他的脸没有一刻不在笑呢。我们希望着吧，只希望他答应为我们干这件事。”

像通了电似的，霎时间母鼠和一群小鼠心里都存着这个希望，痒的事情仿佛微不足道了。

不一会儿，那只白猫来了。他嘴里衔着一段油炸桧，四面看了看，放下嘴里的油炸桧，“妙乎妙乎”地叫几声，声音挺柔和挺妩媚。雪白的脸的确在那里笑——鼠的家族大家都觉得他在那里笑。

油炸桧唤起了鼠的家族饥饿的感觉。大家觉得动嘴巴的事儿远在好些时候以前了。在这一角地方，一点儿储藏也没有，花生米屑，饼干屑，熏鱼骨头以及其他等等，统统都搜得光光了；而突然感觉的饿却来得特别厉害，竟有点忍受不住的样子。于是请求代捉蚤虱的事暂搁，大家都默默地不动。

油炸桧在白猫的嘴里像棍棒似的舞动，原来白猫要把它玩弄一番再吃，这就可见他颇有吃东西的艺术了。鼠的家族个个看得清楚，禁不住一口一口咽唾沫，肚子里一阵阵地作怪。

老公鼠暗自想：“他大概吃得正饱，吃不下了。分给我们一点儿，看他那副慈善的样子，未必不肯答应吧。”

“妙乎！”白猫叫了一声。

“他答应了。”老公鼠心里一喜，好像已吃了半顿，因为希望的明灯挂在他前面了。他就用他的鼠须触触他的夫人和一群孩子,表示他的欢喜。

母鼠和一群小鼠其实并不知道他心里的欢喜，但是大家都对他点点头,表示能够领会。他们以为他想的该是这个意思;白猫吃油炸桧一定会有小块残屑掉下来,那就是我们的好处了。他们本来就这么想,现在一家之主也这么想,可见这是大可希望的希望了,于是大家也好像已经吃了半顿。

白猫开始嚼他的油炸桧。

不知是哪一只鼠希望太盛,欢喜得忘形了,身体一动,发出索索的声音。

白猫连忙放下油炸桧，突然袭击过来，一口衔住那只老公鼠,一只右前脚抓住了他的夫人。四只小鼠吓得浑身麻木了,八只眼睛直望着那笑着的猫脸,僵僵地,仿佛是烂泥塑成而晒干了的群像。

所有的希望统统飞去了。

但是,新的希望像魔术一样马上又出现了。老公鼠横在白猫的嘴里,觉得白猫的牙齿咬得不十分紧,就想:“希望你咬得再松点儿,不然,就像现在这样也还受得住。”母鼠伏在白猫的脚爪下,她想:“希望你不要弄破我这件皮外套。”四只小鼠大致相同地这样想:“够了,希望你不要来衔我们抓我们吧！”

希望越浓,恐怖越来越淡,像秋天的轻云一般终于消散无存。

“希望”安慰生灵,使生灵无时无刻不觉得恬适,又能安慰生灵直到临命终时也不作已经到了绝路之想。这小东西真值得称颂啊!

1925 年 1 月 23 日

# 三种船

一连三年没有回苏州去上坟了。今年秋天有点儿空闲，就去上一趟坟。上坟的意思无非是送一点钱给看坟的坟客，让他们知道某家的坟还没有到可以盗卖的地步罢了。上我家的坟得坐船去。苏州人上坟向来大都坐船，天气好，逃出城圈子，在清气充塞的河面上畅快地呼吸一天半天，确是非常舒服的事。这一趟我去，雇的是一条熟识的船。涂着的漆差不多剥光了，窗框歪斜，平板破裂，一副残废的样子。问起船家，果然，这条船几年没有上岸修理了。今年夏季大旱，船只好胶住在浅浅的河浜里，哪里还有什么生意，又哪里来钱上岸修理。就是往年，除了春季上坟，船也只有停在码头上迎晓风送夕阳的份儿。近年来到各乡各镇去，都有了小轮船，不然，可以坐绍兴人的"当当船"，也不比小轮船慢，而且价钱都很便宜。如果没有上坟这件事，苏州城里的船恐怕只能劈做柴烧了。而上坟的事大概是要衰落下去的，就像我，已经改变为三年上一趟坟了。

苏州城里的船叫做“快船”，与别地的船比起来，实在是并不快的。因为不预备经过什么长江大湖，所以吃水很浅，船底阔而平。除了船头是露天以外，分做头舱中舱和艄篷三部分。头舱可以搭高，让人站直不至于碰头顶。两旁边各有两把或者三把小巧的靠背交椅，又有小巧的茶几。前檐挂着红绿的明角灯，明角灯又挂着红绿的流苏。踏脚的是广漆的平板，一般是六块。由横的直的木条承着。揭开平板，下面是船家的储藏库。中舱也铺着若干块平板，可是差不多贴着船底，所以从头舱到中舱得跨下一尺多。中舱两旁边是两排小方窗，上面的一排可以吊起来，第二排可以卸去，以便靠着船舷眺望。以前窗子都配上明瓦，或者在拼凑的明瓦中间镶这么一小方玻璃，后来玻璃来得多了，就完全用玻璃。中舱与头舱艄篷分界处都有六扇书画小屏门，上方下方装在不同的几条槽里，要开要关，只须左右推移。书画大多是金漆的，无非“寒雨连江夜入吴”，“月落乌啼霜满天”以及梅兰竹菊之类，中舱靠后靠右搁着长板，供客憩坐。如果过夜，只要靠后多拼一两条长板，就可以摊被褥。靠左当窗放一张小方桌，方桌旁边四张小方凳。如果在小方桌上放上圆桌面，十来个人就可以聚餐。靠后靠右的长板以及头舱的平板都是座头，小方凳摆在角落里凑数。末了儿说到艄篷，那是船家整个的天地。艄篷同头舱一样，平板以下还有地位，放着锅灶碗橱以及铺盖衣箱种种东西。揭开一块平板，船家就蹲在那里切肉煮菜。此外是摇橹人站着摇橹的地方。橹左右各一把，每把由两个人服事，一个当橹柄，一个当橹绳。船家如果有小孩，走不来的躺在困桶里，放在翘起的后艄，能够走的就让他在那里爬，拦腰一条绳拴着，系在篷柱上，以防跌到河里去。后艄的一旁露出四条棍子，一顺地斜并着，原来大概是护船的武器，后来转变成装饰品了。全船除着水的部分以外，窗门板柱都用广漆，所以没有其他船上常有的那种难受的桐油气味。广漆的东西容易擦干净，船旁边有的是水，只要船家不懒惰，船就随时可以明亮爽目。

从前，姑奶奶回娘家哩，老太太看望小姐哩，坐轿子嫌吃力，就唤一条快船坐了去。在船里坐得舒服，躺躺也不妨，又可以吃茶，吸水烟，甚至抽大烟。只是城里的河道非常脏，有人家倾弃的垃圾，有染坊里放出来的颜色水，淘米净菜洗衣服涮马桶又都在河旁边干，使河水的颜色和气味变得没有适当的字眼可以形容。有时候还浮着肚皮胀得饱饱的死猫或者死狗的尸体。到了夏天，红里子白里子黄里子的西瓜皮更是洋洋大观。苏州城里河道多，有人就说是东方的威尼斯。威尼斯像这个样子，又何足羡慕呢？这些，在姑奶奶老太太等人是不管的，只要小天地里舒服，以外尽不妨马虎，而且习惯成自然，那就连抬起手来按住鼻子的力气也不用花。城外的河道宽阔清爽得多，到附近的各乡各镇去，或逢春秋好日子游山玩景，以及干那宗法社会里的重要事项——上坟，唤一条快船去当然最为开心。船家做的菜是菜馆比不上的，特称“船菜”。正式的船菜花样繁多，菜以外还有种种点心，一顿吃不完。非正式地做几样也还是精，船家训练有素，出手总不脱船菜的风格。拆穿了说，船菜所以好就在于只准备一席，小镬小锅，做一样是一样，汤水不混和，材料不马虎，自然每样有它的真味，叫人吃完了还觉得馋涎欲滴。倘若船家进了菜馆里的大厨房，大镬炒虾，大锅煮鸡，那也一定会有坍台的时候的。话得说回来，船菜既然好，坐在船里又安舒，可以眺望，可以谈笑，玩它个夜以继日，于是快船常有求过于供的情形。那时候，游手好闲的苏州人还没有识得“不景气”的字眼，脑子里也没有类似“不景气”的想头，快船就充当了适应时机的幸运儿。

除了做船菜，船家还有一种了不得的本领，就是相骂。相骂如果只会防御，不会进攻，那不算希奇。三言两语就完，不会像藤蔓似的纠缠不休，也只能算次等角色。纯是常规的语法，不会应用修辞学上的种种变化，那就即使纠缠不休也没有什么精彩。船家与人家相骂起来，对于这三层都能毫无遗憾，当行出色。船在狭窄的河道里行驶，前面有一条乡下人的柴船或者什么船冒冒失失地摇过来，看去也许会碰撞一下，船家就用相骂的口吻进攻了，“你瞎了眼睛吗？这样横冲直撞是不是去赶死？”诸如此类。对方如果有了反响，那就进展到纠缠不休的阶段，索性把摇橹撑篙的手停住了，反复再四地大骂，总之错失全在对方，所以自己的愤怒是不可遏制的。然而很少骂到动武，他们认为男人盘辫子女人扭胸脯不属于相骂的范围。这当儿，你得欣赏他们的修辞的才能。要举例子，一时可记不起来，但是在听到他们那些话语的时候，你一定会想，从没有想到话语可以这么说的，然而惟有这么说，才可以包含怨恨、刻毒、傲慢、鄙薄种种成分。编辑人生地理教科书的学者只怕没有想到吧，苏州城里的河道养成了船家相骂的本领。

他们的摇船技术是在城里的河道训练成功的，所以长处在于能小心谨慎，船与船擦身而过，彼此绝不碰撞。到了城外去，遇到逆风固然也会拉纤，遇到顺风固然也会张一扇小巧的布篷，可是比起别种船上的驾驶人来，那就不成话了。他们敢于拉纤或者张篷的时候，风一定不很大，如果真个遇到大风，他们就小心谨慎地回复你，今天去不成。譬如我去上坟必须经过石湖，虽然吴瞿安先生曾做诗说石湖“天风浪浪”什么什么以及“群山为我皆低昂”，实在是个并不怎么阔大的湖面，旁边只有一座很小的上方山，每年阴历八月十八，许多女巫都要上山去烧香的。船家一听说要过石湖就抬起头来看天，看有没有起风的意思。到进了石湖的时候，脸色不免紧张起来，说笑都停止了。听得船头略微有汩汩的声音，就轻轻地互相警戒，“浪头！浪头！”有一年我家去上坟，风在十点过后大起来，船家不好说回转去，就坚持着不过石湖。这一回难为了我们的腿，来回跑了二十里光景才上成了坟。

现在来说绍兴人的“哨哨船”。那种船上备着一面小铜锣，开船的时候就哨哨哨哨敲起来，算是信号，中途经过市镇，又哨哨哨哨敲起来，招呼乘客，因此得了这奇怪的名称。我小时候，苏州地方没有那种船。什么时候开头有的，我也说不上来。直到我到角直去当教师，才与那种船有了缘。船停泊在城外，据传闻，是与原有的航船有过一番斗争的。航船见它来抢生意，不免设法阻止。但是“哨哨船”的船夫只知道硬干，你要阻止他们，他们就与你打。大概交过了几回手吧，航船夫知道自己不是那些绍兴人的敌手，也就只好用鄙夷的眼光看他们在水面上来去自由了。中间有没有立案呀登记呀这些手续，我可不清楚，总之那些绍兴人用腕力开辟了航线是事实。我们有一句话，“麻雀豆腐绍兴人”，意思是说有麻雀豆腐的地方也就有绍兴人，绍兴人与麻雀豆腐一样普遍于各地。试把“哨哨船”与航船比较，就可以证明绍兴人是生存斗争里的好角色，他们与麻雀豆腐一样普遍于各地，自有所以然的原因。这看了后文就知道，且让我把“哨哨船”的体制叙述一番。

“哨哨船”属于“乌篷船”的系统，方头，翘尾巴，穹形篷，横里只够两个人并排坐,所以船身特别见得长。船旁涂着绿釉,底部却涂红釉,轻载的时候,一道红色露出水面,与绿色作强烈的对照。篷纯黑色。舵或红或绿,不用,就倒插在船艄,上面歪歪斜斜标明所经乡镇的名称,大多用白色。全船的材料很粗陋,制作也将就,只要河水不至于灌进船里就成,横一条木条,竖一块木板,像破衣服上的补缀一样,那是不在乎的。我们上旁的船,总是从船头走进舱里去。上"呰呰船"可不然,我们常常踩着船边,从推开的两截穹形篷中间把身子挨进舱里去,这样见得爽快。大家既然不欢喜钻舱门,船夫有人家托运的货品就堆在那里,索性把舱门堵塞了。可是踩船边很要当心。西湖划子的活动不稳定,到过杭州的人一定有数,"呰呰船"比西湖划子大不了多少,它的活动不稳定也与西湖划子不相上下。你得迎着势,让重心落在踩着船边的那只脚上,然后另一只脚轻轻伸下去,点着舱里铺着的平板。进了舱你就得坐下来。两旁靠船边搁着又狭又薄的长板就是坐位,这高出铺着的平板不过一尺光景,所以你坐下来就得耸起你的两个膝盖,如果对面也有人,那就实做"促膝"了。背心可以靠在船篷上,躯干最好不要挺直,挺直了头触着篷顶,你不免要起局促之感。先到的人大多坐在推开的两截穹形篷的空档里,这里虽然是出入要道,时时有偏过身子让人家的麻烦,却是个优越的位置,透气,看得见沿途的景物,又可以轮流把两臂搁在船边,舒散舒散久坐的困倦。然而遇到风雨或者极冷的天气,船篷必须拉拢来,那位置也就无所谓优越,大家一律平等,埋没在含有恶浊气味的阴暗里。

"呰呰船"的船夫差不多没有四十以上的人,身体都强健,不懂得爱惜力气,一开船就拼命划。五个人分两边站在高高翘起的船艄上，每人管一把橹，一手当橹柄，一手当橹绳。那橹很长，比旁的船上的橹来得轻薄。当推出橹柄去的时候，他们的上身也冲了出去，似乎要跌到河里去的模样。接着把橹柄挽回来，他们的身子就往后顿，仿佛要坐下来似的。五把橹在水里这样强力地划动，船身就飞快地前进了。有时在船头加一把桨，一个人背心向前坐着，把它扳动，那自然又增加了速率。只听得河水活活地向后流去，奏着轻快的调子。船夫一壁划船，一壁随口唱绍兴戏，或者互相说笑，有猥亵的性谈，有绍兴风味的幽默谐语，因此，他们就忘记了疲劳，而旅客也得到了解闷的好资料。他们又喜欢与旁的船竞赛，看见前面有一条什么船，船家摇船似乎很努力，他们中间一个人发出号令说“追过它”，其余几个人立即同意，推呀挽呀分外用力，身子一会儿冲出去，一会儿倒仰过来，好像忽然发了狂。不多时果然把前面的船追过了，他们才哈哈大笑，庆贺自己的胜利，同时回复到原先的速率。由于他们划得快，比较性急的人都欢喜坐他们的船，譬如从苏州到甪直是“四九路”（三十六里），同样地划，航船要六个钟头，“呜呜船”只要四个钟头，早两个钟头上岸，即使不想赶做什么事，身体究竟少受些拘束，何况船价同样是一百四十文，十四个铜板。（这是十五年前的价钱，现在总该增加了。）

风顺，“呜呜船”当然也张风篷。风篷是破衣服、旧挽联、干面袋等等材料拼凑起来的，形式大多近乎正方。因为船身不大，就见得篷幅特别大，有点儿不相称。篷杆竖在船头舱门的地位，是一根并不怎么粗的竹头，风越大，篷杆越弯，把袋满了风的风篷挑出在船的一边。这当儿，船的前进自然更快，听着哗哗的水声，仿佛坐了摩托船。但是胆子小点儿的人就不免惊慌，因为船的两边不平，低的一边几乎齐水面，波浪大，时时有水花从舱篷的缝里泼进来。如果坐在低的一边，身体被动地向后靠着，谁也会想到船一翻自己就最先落水。坐在高的一边更得费力气，要把两条腿伸直，两只脚踩紧在平板上，才不至于脱离坐位，跌扑到对面的人的身上去。有时候风从横里来，他们也张风篷，一会儿篷在左边，一会儿调到右边，让船在河面上尽画曲线。于是船的两边轮流地一高一低，旅客就好比在那里坐幼稚园里的跷跷板，“这生活可难受”，有些人这样暗自叫苦。然而“当当船”很少失事，风势真个不对，那些船夫还有硬干的办法。有一回我到甪直去，风很大，饱满的风篷几乎蘸着水面，虽然天气不好，因为船行非常快，旅客都觉得高兴，后来进了吴淞江，那里江面很阔，船沿着“上风头”的一边前进。忽然呼呼地吹来更猛烈的几阵风，风篷着了湿重又离开水面。旅客连“哎哟”都喊不出来，只把两只手紧紧地支撑着舱篷或者坐身的木板。扑通，扑通，三四个船夫跳到水里去了。他们一齐扳住船的高起的一边，待留在船上的船夫把风篷落下来，他们才水淋淋地爬上船艄，湿了的衣服也不脱，拿起橹来就拼命地划。

说到航船，凡是摇船的跟坐船的差不多都有一种哲学，就是“反正总是一个到”主义。反正总是一个到，要紧做什么？到了也没有烧到眉毛上来的事，慢点儿也呒啥。所以，船夫大多衔着一根一尺多长的烟管，闭上眼睛，偶尔想到才吸一口，一管吸完了，慢吞吞捻了烟丝装上去，再吸第二管。正同“当当船”相反，他们中间很少四十以下的人。烟吸畅了，才起来理一理篷索，泡一壶公众的茶。可不要当做就要开船了，他们还得坐下来谈闲天。直到专门给人家送信带东西的“担子”回了船，那才有点儿希望。好在坐船的客人也不要不紧,隔十多分钟二三十分钟来一个两个,下了船重又上岸,买点心哩,吃一开茶哩,又是十分或一刻。有些人买了烧酒豆腐干花生米来, 预备一路独酌。有些人并没有买什么,可是带了一张源源不绝的嘴,还没有坐定就乱攀谈,挑选相当的对手。在他们,迟些儿到实在不算一回事,就是不到又何妨。坐惯了轮船火车的人去做航船,先得做一番养性的功夫,不然,这种阴阳怪气的旅行,至少会有三天的闷闷不乐。

航船比"哃哃船"大得多,船身开阔,舱作方形,木制,不像"哃哃船"那样只用芦席。艄篷也宽大,雨落太阳晒,船夫都得到遮掩。头舱中舱是旅客的区域。头舱要盘膝而坐。中舱横搁着一条条长板,坐在板上,小腿可以垂直。但是中舱有的时候要装货,豆饼菜油之类装满在长板下面,旅客也只得搁起了腿坐了。窗是一块块的板,要开就得卸去,不卸就得关上。通常两旁各开一扇,所以坐在舱里那种气味未免有点儿难受。坐得无聊,如果回转头去看艄篷里那几个老头子摇船,就会觉得自己的无聊才真是无聊。他们一推一挽距离很小,仿佛全然不用力气,两只眼睛茫然望着岸边,这样地过了不知多少年月,把踏脚的板都踏出脚印来了,可是他们似乎没有什么无聊,每天还是走那老路,连一棵草一块石头都熟识了的路。两相比较,坐一趟船慢一点儿闷一点儿又算得什么。坐航船要快,只有巴望顺风。篷杆竖在头舱与中舱之间,一根又粗又长的木头。风篷极大,直拉到杆顶,有许多竹头横撑着,吃了风,巍然地推进,很有点儿气派。风最大的日子,苏州到角直三点半钟就吹到了。但是旅客究竟是"反正总是一个到"主义者,虽然嘴里嚷着"今天难得",另一方面却似乎嫌风太大船太快了,跨上岸去,脸上不免带点儿怅然的神色。遇到顶头逆风航船就停班,不像“噹噹船”那样无论如何总得用人力去拼。客人走到码头上,看见孤零零的一条船停在那里,半个人影儿也没有,知道是停班,就若无其事地回转身。风总有停的日子,那么航船总有开的日子。忙于寄信的我可不能这样安静,每逢校工把发出的信退回来,说今天航船不开,就得担受整天的不舒服。

# 乐山被炸

日本飞机轰炸乐山的那一天，我在成都。成都也发了警报。我和徐中舒兄出了新西门，在田岸上走，为了让一个老婆子，我的右脚踹到稻田里去了，鞋袜都沾满了泥浆。一会儿我们的飞机起飞了，两架一起，三架一起，有的径往东南飞去，有的在晴朗的空中打圈子，也数不清起飞了多少架，只觉得飞机声把浓绿的太平原笼罩住了。田岸上的人一路走，时常抬起头来眯着眼望天空，待望见了一个银灰色的颗粒，感慰的兴奋的神色就浮上了脸，仿佛说，我们准备好了，你们来吧！

我们在一条溪沟旁边的竹林里坐了一点钟光景，又在中舒兄的朋友的草屋里歇了将近两点钟，并且吃了午饭，警报解除了，日本飞机没有来。哪知道就在这一段时间里，我们寄居的乐山城毁了大半，有两千以上的人丧失了生命。我的寓所也毁了，从书籍衣服到筷子碗盏，都烧成了灰；我的一家人慌忙逃难，从已经烧着了的屋子里，从静寂得不见一个人只见倒地的死尸的小巷子里,从日本飞机的机枪扫射之下,赶到了岷江边,渡过了江,沿着岸滩向北跑,一直跑了六七里路,又渡过江来到昌群兄家里,这才坐定下来喘一口气。

我和徐中舒兄回到城里,听到传说很多,泸州被炸了,自流井被炸了,提到的地方总有八九处。但是到了四点半的时候,就知道被炸的是乐山,消息从防空机关里传出来,而且派去看的飞机已经回来了,全城毁了四分之三,火还没有扑灭呢。那是千真万确的了,多数人以为该不至于被炸的乐山竟然被炸了。

为什么要轰炸乐山呢?乐山有唐朝时候雕凿的大佛,有相传是蛮子所居实在是汉朝人的墓穴的许多蛮洞, 有凌云乌尤两个古寺,有武汉大学,有将近十万居民,这些难道是轰炸的目标吗?打仗本来没有什么公定的规则,所谓不轰炸不设防城市,乃是从战斗的道德观念演绎出来的。光明的勇敢的战斗员都有这种道德观念。彼此准备停当了,你一拳来,我一脚去,实力比较来得的一方打倒了对方,那才是光荣的胜利。如果乘对方的不防备,突然冲过去对准要害就来个冷拳,那么即使把对方打得半死,得到的也只是耻辱而不是胜利,因为这个人违背了战斗的道德。多数住在乐山的人以为乐山该不至于被炸, 一半就由于料想日本军人也有这种道德观念。他们似乎忘却了几乎每天的报纸都记载着的事例,要是不忘记那些事例,日本军人并没有这种道德观念是显然的。他们存着极端不真切的料想,又把自己的身家性命作为赌注,果然,他们输了。我是他们中间的一个,我也输了。

那一夜差不多没有阖眼。想我的寓所在岷江和大渡河合流的尖嘴上,那是日本飞机最先飞过的地方,决不会不被炸;想我家每次听见了警报总是守在寓里,不过江,也不往山野里跑,这回一定也是这样，那就不堪设想了；想日本飞机每次来轰炸，就有多少人死了父母，伤了妻子，人家的人都可以牺牲，我家的人哪有特别不应该牺牲的理由？但是，只要家里有一个人断了一条臂或者折了一条腿，那就是全家人永久的痛苦。如果情形比断一条臂折一条腿还要严重呢？如果不只是一个人而是几个人呢？如果老小六口都烧成了焦炭呢？我要排除那些可怕的想头，故意听窗外的秋虫声，分辨音调和音色的不同，可是没有用，分辨不到一分钟，虫声模糊了。那些可怕的想头又钻进心里来了。

第二天上午八点钟，一辆小汽车载着五个归心似箭的人开行了。沿路的景物，没有心绪看；公路上的石子弹起来，打着车底的钢板哨哨发响，也不再嫌它讨厌了；大家数着路旁的里程标，“走了几公里了，剩下几公里了”，这样屡次地说着。那些里程标好像搬动过了，往常的一公里似乎没有那么长。

总算把一百六十多个里程标数完了。从乱哄哄的人丛中，汽车开进了嘉乐门，心头深切地体验到“近乡情更怯，不敢问来人”的况味。忽然有人叫我，向我招手。定神看时，见是吴安真女士，“怎么样？”我慌张地问。

“你们一家人都好的，在贺昌群先生家里了。”听了这个话，我又深切地体验到“疑是梦里”并不是夸饰的修辞。

跑到昌群兄家里，见着老母以下六口，没有一个人流了一滴血，擦破了一处皮肤，那是我们的万幸。他们告诉我寓中一切都烧了；那是早在意料之中的事，我并不感到激动。他们告诉我逃难时候那种慌急狼狈的情形；我很懊悔到了成都去，没有同他们共尝这一份惶恐和辛苦。他们告诉我从火场中检出来的死尸将近上千了；那些人和我们一样，牺牲的机会在冥冥之中等候着，他们不幸竟碰上了，那比较听到一个朋友或是亲戚寻常病死的消息，我觉得难受得多。最后，他们告诉我在日本飞机还没飞走的时候，武大和技专的同学出动了，拆卸正在燃烧的房子，扛抬受了伤的人和断了气的尸体，真有奋不顾身的气概；听到这个话，我激动得流了泪。在成都听人说起那一回成都被炸，中央军校的全体同学立刻出动，努力救火救人，我也激动得流了泪。那是教育奏效的凭证，那是青年有为的凭证，把这种舍己为群的精神推广开来，什么事情做不成呢。

被炸以后的两个月中间，我家都忙着置备一切器物。新的寓所租定了，在城外一座小山下，就搬了进去。粗陶碗，毛竹筷子，一样可以吃饭；土布衣衫穿在身上，也没有什么不舒服；三间面对田野的矮屋，比以前多了好些阳光和清新空气。轰炸改变了我的什么呢？到现在事隔半年了，在曾经是闹市区的瓦砾堆上，又筑起了白木土墙的房屋，各种店铺都开出来了。和被炸的别处地方以及沦为战区的各地一样，还是没有一个人显得颓唐，怨恨到抗战的国策；这是说给日本军人听也不会相信的。

1940年

# 荣宝斋的贡献

荣宝斋以前大都印画笺和笺谱,近几年来,向大幅发展,向工细的画发展,新中国的艺术差不多样样推陈出新,荣宝斋木版水印画,取的正是这个方向,而且成绩挺好,因而受人们的重视。不但国内的人,国际友人到北京来,凡是知道荣宝斋的,也总喜欢跑到琉璃厂,选购几幅。

我老是觉得,中国画固然可以用彩色铜版彩色凹版复制,可是铜版凹版随你印得怎么样精,看起来总像张照片,跟原画有距离。这是没有办法的事,纸是铜版纸,彩色是油墨,物质条件跟原画不一样,当然不能完全传出原画的意趣。用木刻套印的方法复制,所用纸张和色料都跟原画完全相同,只是让一块块的木版代替了画家手里的毛笔。刻木版走了样当然不行,印刷的时候随随便便设色也不行。只要在雕刻和印刷的技术上多下功夫,使它尽量不失毛笔画的意趣,那就木刻套印几乎跟毛笔作画一样,那就物质条件几乎跟原画全同,所以好的复制品简直可以"乱真"。

中国画画家近来意兴很高，只要看第二届全国美术展览会，展出的作品那么多，画各方面的新事物，画雄伟美丽的祖国河山，参观的人都欢喜赞叹。各地博物馆里陈列的那些古画和壁画也是挺吸引人的东西，内行不用说，就是外行也要站在前面看老半天。无论看了现代的或是古代的作品，看得中意，人们就会想，这样的好画，要是能够挂在自己屋里，随时欣赏，多好呢。或者想，这样的好画，可惜不能跟远方的某几个朋友共同玩赏，谈谈我的领会。这些想头包含着一个要求——要求复制品。收藏家鉴赏家当然看不上复制品，一般艺术爱好者可不在乎，你说复制品没有精神，他说既然不失原作的形象，多少总能够领会些精神。为中国画印造复制品有种种方法，以木刻套印为最好——据我个人的看法。好的木刻套印简直可以“乱真”，一般艺术爱好者，如我，就认为大可满足要求了。

荣宝斋做的工作就在满足人们的这种要求。他们印现代画家的作品，也印古代的作品。最近试印周昉《簪花仕女图》成功了，那是极其工细的画，标志着他们的工作又前进了一步。他们还打算印《清明上河图》。《清明上河图》，不是大家都想摊在案头仔细玩赏的吗？

木版水印要印得好，前边说过，得在雕刻木版和印刷的技术上多下功夫。雕刻的人依据分别勾描的底稿刻木版，原画挂在旁边，原画线条的刚柔，笔趣的枯润，都要细心体会，凭手里的刀传达出来。印刷的人一套一套印彩色，也随时参看原画，哪儿该浓，哪儿该淡，哪儿在色料以外还得加适量的水分，都要辨得极真切，而且能够得心应手。这就是说，无论做雕刻的工作或是印刷的工作，非懂得画中国画的道理不可。要是不懂，原画挂在旁边也无从揣摩,下刀设色就没有准儿。荣宝斋利用老工人熟练的技术,又注意培养新工人,吸收的是二三十岁的男女青年,他们在工作里学习，还有业余学习。我曾经上他们的工作场参观过几回,看见雕刻的印刷的专心一志地在那里工作,不由得想,他们分工合作,复制古今画家的作品,就制成品看,何尝不可以说他们就是画家呢?

1955 年 9 月 23 日作

# 刺绣和缂丝

最近在苏州参观江苏省工艺美术研究所。敞亮的工作室里，著名的金静芬老太太与好些中年妇女和女青年在那里刺绣，大多是赶制“七一”的献礼品。谁都像忘了自己似的，全神贯注在一上一下的针线上，使参观的人不敢轻轻地咳嗽一声，不敢让脚步有一点儿声音。“绷架”上或是大幅，或是小品，大幅几个人合作，小品一个人独绣。花线渐渐填充双钩的底稿，于是一只有神的眼睛出现了，一张娇艳的嫩叶出现了，层叠的峰峦显出了明暗，烂漫的花朵显出了阴阳。

大凡工艺美术的活儿，要是要求不高，竟可以说人人干得来。譬如刻图章，说容易真容易，阴文只要把字的笔画刻掉，阳文只要把字的笔画留着。有些小学生中学生爱找一块图章石买一把刻刀来玩儿，原由之一就在刻图章这么容易。但是要讲布局，要讲刀法，要讲整个图章的韵味，就连积年的老手也未必个个图章都能踌躇满志。刺绣这活儿，无非拿花线填充底稿而已，只要针针刺在界限上,线跟线不散开也不重叠,就成了,这还不容易?但是要讲选用花线颜色恰到好处,要讲丝毫不露针线痕迹,要讲整幅绣品站得起来,透出生气和活力,就跟画家画一幅惬心之作一样,是不怎么容易的艺术造诣。有些绣品诚然平常,如演员身上穿的戏衣,如百货店柜台里陈列的椅垫枕套。我看江苏省工艺美术研究所完成的绣品,却几乎幅幅是惬心之作,是不用画笔而用针线画成的好画。在从前,谁绣出这么一两幅,人家就交口赞誉。称为“针神”了。而现在“针神”竟有这么多,静静地坐在那里刺绣的老年中年青年人全都是“针神”!百花齐放的时代啊!她们的成品在好些刺绣车间里是制作的楷模, 在展览会和陈列馆里是引人注目的展品,在国际交往间是最受欢迎的礼物,需要那么多,因而经常供不应求。

新创的针法听说有好多种,没仔细打听,说不上来。研究所正在写稿子,总结种种经验,我很盼望早日成书问世,虽然完全隔行,也乐于知其梗概。一句话给我印象很深,说努力的方向在使画面富于立体感。的确,我们看见的旧时的佳绣,工致匀净有余,生动活泼不足,换句话说,就是缺少立体感。要画面富于立体感,就是说,绣品要超过旧时的佳绣,真够得上称为生动活泼的好画。这个方向定得好,见出革新的精神和追求的勇气。而摆在面前的绣品,几乎幅幅是好画,又可见新针法新经验已经起了作用,所谓富于立体感已经在艺术实践中做到了。刺绣固然不是垂绝之艺,可是一代一代传下来,艺术上的发展不怎么大。现在多数人集体钻研,共同实践,有意识地要它发展,发展果然极大,往后精益求精,前途何可限量。这儿我只是就苏绣而言,此外如湘绣广绣,虽然知道得很少,想必跟苏绣一样,近年来艺术上也有大发展,为历来所不及。从刺绣我又联想到同属工艺美术的木刻水印术,十年来的发展多大啊!十年以前,表现北京荣宝斋最高造诣的是《北平笺谱》和《十竹斋笺谱》,到现在,《文苑图》和《夜宴图》的复制品挂在荣宝斋的橱窗里了。要不是亲眼看见,亲耳听说,很难相信从比较简单的笺谱发展到《文苑图》《夜宴图》那样要印几百次才完成的工笔绢画(《夜宴图》现在才复制一段,五段复制齐全,估计要印一千八百次),只有十年工夫。总而言之,各种工艺美术像是结伴合伙似的,赶在最近这十年间都来个大大的发展。这几乎不须列举若干个为什么,套用一句“其故可深长思矣”也就够了。

对于女青年,研究所规定常课,要她们练习绘画。这个措施极有意义。既然要用针线画画,练习用画笔画画自然有很大好处,从这中间通达画理,无论选线运针就都有另外一副眼光了。我知道在那里刺绣的老年中年人,她们年青的时候没受过这种基本训练。她们从小学刺绣,无非练成个手艺,贴补些家用而已,精不精并非主要考虑的事,偶尔有几个人用力勤,用心专,天分又比较高些,才成为好手。现在不同于她们年青的时候了,刺绣是工艺美术之一,要学就非精不可,于是注重基本训练,借以保证人人能精。这是现在青年的好运气,也是刺绣艺术的好运气。

研究所里不仅刺绣一门,还有缂丝,象牙雕刻,黄杨浮刻,这几门也是制作兼研究,所以这机关叫做工艺美术研究所。现在光说缂丝。缂丝是始于宋代的一种丝织工艺,宋以来的缂丝佳作,现在在少数几个博物馆里还可以看到。在清代,苏州担负了皇家的织造任务,缂丝就在苏州流传,织工聚集在城北叫陆墓的小镇上,主要织造宫中所用的袍料。近几十年来,干这一行的越来越少了,知道什么叫缂丝的也不太多了,缂丝成为垂绝之艺了。一九五五年初冬我到苏州去,那时候刺绣合作社刚组织起来(就是研究所的前身),就从陆墓请来几位老艺人,让他们传授这个垂绝之艺,其中一位姓沈,七十多了。这一回没见着沈老,听说他还健康。堪喜的是现在不织什么袍料,而是继承着宋以来佳作的传统,织优秀的画幅了。更堪喜的是老一代培养年青一代,缂丝这一种工艺不仅保存下来,而且将像刺绣一样,老树枝上开出新鲜的花朵。

缂丝是怎么一回事呢?不妨拿刺绣来比较,刺绣是在现成的料子上加工,绣出图画或是文字,缂丝是在织作的时候织出图画或是文字,织料子织花纹一气呵成。缂丝又跟织彩缎文锦不一样。彩缎文锦也是织料子织花纹一气呵成的,因为图案有规则,彩色有限制,依靠纹工的事先安排,各色纬线一梭去一梭来,梭梭都径直穿过。缂丝可不一定织图案,彩色看稿样而定,譬如稿样是一幅花卉,彩色很复杂,每种彩色又有不同程度的深淡,缂丝都得照样织出来。这就不是纹工所能事先安排的了,只能把花卉画的轮廓描在经线上,用小梭子引着深淡不同的各色纬线,看准稿样的彩色一截一截地织,某一梭该三根经线宽就织三根经线,某一梭该五根经线宽就织五根经线。两脚踩着织机的踏板,牵动经线一上一下。一堆小梭子搁在旁边。手里拿个小铁篦挑起几根经线,就捡一个适当的小梭子穿过去,随即用小铁篦轻轻地把织上的纬线贴紧。整幅缂丝就是这样织成的,真是磨细了心思的工作。

我怀着这样一个愿望,把一些工艺美术的制作过程写下来,要写得清楚明白,让不知道的人仿佛亲眼看见了似的。这儿写缂丝,自己觉得未能满足这个愿望。这是了解不透彻,观察不细密的缘故,我很抱愧。

1961 年 6 月 17 日

# 我和商务印书馆

如果有人问起我的职业，我就告诉他：我当过教员，又当过编辑，当编辑的年月比当教员多得多。现在眼睛坏了，连笔划也分辨不清了，有时候免不了还要改一些短稿，自己没法看，只能听别人念。

做编辑工作是进了商务印书馆才学的。记得第一次校对，我把校样读了一遍，不曾对原稿，校样上漏了一大段，我竟没有发现。一位专职校对看出来了，他用红笔在校样上批了几个字退回给我。弄得我很不好意思。我才知道编辑不好当，丝毫马虎不得，必须认认真真一边干一边学。

我进商务是一九二三年春天，朱经农先生介绍的。朱先生当时在编译所当国文部和史地部的主任。我在国文部，跟顾颉刚兄一同编《新学制中学国文课本》。这套课本的第一册是另外几位编的，其中有周予同兄。我参与了那时候颁发的“新学制中学国文课程标准”的拟订工作。

一九二七年六月，郑振铎兄去欧洲游历，我代他编《小说月报》，跟徐调孚兄合作。商务办了十几种杂志，除了大型的综合性的《东方杂志》人比较多，有十好几位，其余的每种杂志只有四位。《小说月报》除了调孚兄和我，还有两位管杂务的先生。他们偶尔也看看校样，但是不能让人放心。

那时正是大革命之后，时代的激荡当然会在文学的领域里反映出来。那两年里，《小说月报》上出现了许多有新意的作品，也出现了许多新的名字，最惹人注意的是茅盾、巴金和丁玲。当时大家不知道茅盾就是沈雁冰兄。他过去不写小说，只介绍国外的作品和理论。巴金和丁玲两位都不相识，是以后才见面的。

等振铎兄从欧洲回来，休息了一些日子，我就把《小说月报》的工作交回给他，回到国文部编《学生国学丛书》，时间记不太准，总在一九二九年上半年。到第二年下半年，我又去编《妇女杂志》，跟金仲华兄合作。一九三一年初，开明书店创办《中学生》杂志，过了不久，夏丏尊先生、章锡琛先生要我去帮忙，我就离开了商务。我在商务当编辑一共八个年头。

商务创办于一八九八年，老板是几位印《圣经》发家的工人；两年以后，维新派的知识分子参加进去，成立了编译所，一个编译、印刷、发行三者联合的文化企业就初具规模了。后来业务逐渐发展，就编译和出版的书籍杂志来说，文史哲理工医音体美，无所不包；有专门的，有通俗的，甚至有特地供家庭妇女和学前儿童阅读的。此外还贩卖国外的书刊、贩卖各种文具和体育器械，还制造仪器标本和教学用品供应各级学校，甚至还摄制影片，包括科教片和故事片。业务方面之广和服务对象之广，现在的任何一家出版社都不能和商务相比。商务的这个特点，现在不大有人说起了。

商务的编译所是知识分子汇集的地方，人员最多的时候有三百多位。早期留美回来的任鸿隽、竺可桢、朱经农、吴致觉诸先生，留日回来的郑贞文、周昌寿、李石岑、何公敢诸先生，都在商务的编译所工作过。稍后创办的几家出版业如中华、世界、大东、开明，骨干大多是从商务出来的；还有许多印刷厂装订厂，情形也大多相同。可以这样说，商务为我国的出版事业，从各方面培养了大批技术力量。

有趣的是一九四九年十月新中国成立，政务院有个管出版事业的直属机构叫出版总署，胡愈老任署长，周建老和我任副署长，二十多年前在商务编译所共事的老朋友又聚在一起了。后来人民教育出版社成立，我兼任社长。一九五四年九月，出版总署撤销，这一摊工作并入文化部。胡愈老调到文化部，出版工作仍旧由他主管；我调到教育部，主要还是在人民教育出版社做编辑工作。这一二十年来，老朋友过世的不少，周建老、胡愈老和我还健在。有人说，做出版工作的人就是长寿。

1982 年元旦

# 没有秋虫的地方

阶前看不见一茎绿草，窗外望不见一只蝴蝶，谁说是鹁鸽箱里的生活，鹁鸽未必这样枯燥无味呢。秋天来了，记忆就轻轻提示道："凄凄切切的秋虫又要响起来了。"可是一点影响也没有，邻舍儿啼人闹弦歌杂作的深夜，街上轮震石响邪许并起的清晨，无论你靠着枕头听，凭着窗沿听，甚至贴着墙角听，总听不到一丝秋虫的声音。并不是被那些欢乐的劳困的宏大的清亮的声音淹没了，以至听不出来，乃是这里根本没有秋虫。啊，不容留秋虫的地方！秋虫所不屑居留的地方！

若是在鄙野的乡间，这时候满耳朵是虫声了。白天与夜间一样地安闲；一切人物或动或静，都有自得之趣；嫩暖的阳光和轻淡的云影覆盖在场上，到夜呢，明耀的星月和轻微的凉风看守着整夜，在这境界这时间里惟一足以感动心情的就是秋虫的合奏。它们高低宏细疾徐作歇，仿佛经过乐师的精心训练，所以这样地无可批评，踌躇满志。其实它们每一个都是神妙的乐师；众妙毕集，各抒灵趣，哪有不成人间绝响的呢。

虽然这些虫声会引起劳人的感叹，秋士的伤怀，独客的微喟，思妇的低泣；但是这正是无上的美的境界，绝好的自然诗篇，不独是旁人最欢喜吟味的，就是当境者也感受一种酸酸的麻麻的味道，这种味道在另一方面是非常隽永的。

大概我们所蕲求的不在于某种味道，只要时时有点儿味道尝尝，就自诩为生活不空虚了。假若这味道是甜美的，我们固然含着笑来体味它；若是酸苦的，我们也要皱着眉头来辨尝它：这总比淡漠无味胜过百倍。我们以为最难堪而极欲逃避的，惟有这个淡漠无味！

所以心如槁木不如工愁多感，迷朦的醒不如热烈的梦，一口苦水胜于一盏白汤，一场痛哭胜于哀乐两忘。这里并不是说愉快乐观是要不得的，清健的醒是不必求的，甜汤是罪恶的，狂笑是魔道的；这里只是说有味远胜于淡漠罢了。

所以虫声终于是足系恋念的东西。何况劳人秋士独客思妇以外还有无量数的人，他们当然也是酷嗜趣味的，当这凉意微逗的时候，谁能不忆起那美妙的秋之音乐？

可是没有，绝对没有！井底似的庭院，铅色的水门汀地，秋虫早已避去惟恐不速了。而我们没有它们的翅膀与大腿，不能飞又不能跳，还是死守在这里。想到“井底”与“铅色”，觉得象征的意味丰富极了。

1923年8月31日

# 藕与莼菜

同朋友喝酒,嚼着薄片的雪藕,忽然怀念起故乡来了。若在故乡,每当新秋的早晨,门前经过许多乡人:男的紫赤的胳膊和小腿肌肉突起,躯干高大且挺直,使人起健康的感觉;女的往往裹着白地青花的头巾,虽然赤脚,却穿短短的夏布裙,躯干固然不及男的那样高,但是别有一种健康的美的风致;他们各挑着一副担子,盛着鲜嫩的玉色的长节的藕。在产藕的池塘里,在城外曲曲弯弯的小河边,他们把这些藕一再洗濯,所以这样洁白。仿佛他们以为这是供人品味的珍品,这是清晨的画境里的重要题材,倘若涂满污泥,就把人家欣赏的浑凝之感打破了;这是一件罪过的事,他们不愿意担在身上,故而先把它们洗濯得这样洁白,才挑进城里来。他们要稍稍休息的时候,就把竹扁担横在地上,自己坐在上面,随便拣择担里过嫩的“藕枪”或是较老的“藕朴”,大口地嚼着解渴。过路的人就站住了,红衣衫的小姑娘拣一节,白头发的老公公买两支。清淡的甘美的滋味于是普遍于家家户户了。这种情形差不多是平常的日课,直到叶落秋深的时候。

在这里上海,藕这东西几乎是珍品了。大概也是从我们故乡运来的。但是数量不多,自有那些伺候豪华公子硕腹巨贾的帮闲茶房们把大部分抢去了;其余的就要供在较大的水果铺里,位置在金山苹果吕宋香芒之间,专待善价而沽。至于挑着担子在街上叫卖的,也并不是没有,但不是瘦得像乞丐的臂和腿,就是涩得像未熟的柿子,实在无从欣羡。因此,除了仅有的一回,我们今年竟不曾吃过藕。

这仅有的一回不是买来吃的,是邻居送给我们吃的。他们也不是自己买的,是从故乡来的亲戚带来的。这藕离开它的家乡大约有好些时候了,所以不复呈玉样的颜色,却满被着许多锈斑。削去皮的时候,刀锋过处,很不爽利。切成片送进嘴里嚼着,有些儿甘味,但是没有那种鲜嫩的感觉,而且似乎含了满口的渣,第二片就不想吃了。只有孩子很高兴,他把这许多片嚼完,居然有半点钟工夫不再作别的要求。

想起了藕就联想到莼菜。在故乡的春天,几乎天天吃莼菜。莼菜本身没有味道,味道全在于好的汤。但是嫩绿的颜色与丰富的诗意,无味之味真足令人心醉。在每条街旁的小河里,石埠头总歇着一两条没篷的船,满舱盛着莼菜,是从太湖里捞来的。取得这样方便,当然能日餐一碗了。

而在这里上海又不然;非上馆子就难以吃到这东西。我们当然不上馆子,偶然有一两回去叨扰朋友的酒席,恰又不是莼菜上市的时候,所以今年竟不曾吃过。直到最近,伯祥的杭州亲戚来了,送他瓶装的西湖莼菜,他送给我一瓶,我才算也尝了新。

向来不恋故乡的我,想到这里,觉得故乡可爱极了。我自己也不明白，为什么会起这么深浓的情绪？再一思索，实在很浅显：因为在故乡有所恋，而所恋又只在故乡有，就萦系着不能割舍了。譬如亲密的家人在那里，知心的朋友在那里，怎得不恋恋？怎得不怀念？但是仅仅为了爱故乡么？不是的，不过在故乡的几个人把我们牵系着罢了。若无所牵系，更何所恋念？像我现在，偶然被藕与莼菜所牵系，所以就怀念起故乡来了。

所恋在哪里，哪里就是我们的故乡了。

1923年9月7日

# 客　语

侥幸万分的竟然是晴明的正午的离别。

“一切都安适了，上岸回去吧，快要到开行的时刻了。”似乎很勇敢地说了出来，其实呢，处此境地，就不得不说这样的话。但也不是全不出于本心。梨与香蕉已经买来给我了，话是没有什么可说了，夫役的扰攘，小舱的郁蒸，又不是什么足以赏心的，默默地挤在一起，徒然把无形的凄心的网织得更密罢了，何如早点儿就别了呢？

不可自解的是却要送到船栏边，而且不止于此，还要走下扶梯送到岸上。自己不是快要起程的旅客么？竟然充起主人来。主人送了客，回头踱进自己的屋子，看见自己的人。可是现在——现在的回头呢？

并不是懦怯，自然而然看着别的地方，答应“快写信来”那些嘱咐。于是被送的转身举步了。也不觉得什么，只仿佛心里突然一空似的（老实说，摹写不出了）。随后想起应该上船，便跨上扶梯;同时用十个指头梳满头散乱的头发。

倚着船栏,看岸上的人去得不远,而且正回身向这里招手。自己的右手不待命令,也就飞扬跋扈地舞动于头顶之上。忽地觉得这刹那间这个境界很美,颇堪体会。待再望岸上人,却已没有踪迹,大概拐了弯赶电车去了。

没有经验的想象往往是外行的,待到证实,不免自己好笑。起初以为一出吴淞口便是苍茫无际的海天, 山头似的波浪打到船上来,散为裂帛与抛珠,所以只是靠着船栏等着。谁知出了口还是似尽又来的沙滩,还是一抹连绵的青山,水依然这么平,船依然这么稳。若说眼界,未必开阔了多少,却觉空虚了好些,若说趣味,也不过与乘内河小汽轮一样。于是失望地回到舱里,爬上上层自己的铺位,只好看书消遣。下层那位先生早已有时而猝发的鼾声了。

实在没有看多少页书,不知怎么也矇眬起来了。只有用这矇眬二字最确切,因为并不是睡着,汽机的声音和船身的微荡,我都能够觉知,但仅仅是觉知,再没有一点思想一毫情绪。这矇眬仿佛剧烈的醉,过了今夜,又是明朝,只是不醒,除了必要坐起来几回,如吃些饼干牛肉香蕉之类,也就任其自然——连续地矇眬着。

这不是摇篮里的生活么?婴儿时的经验固然无从回忆,但是这样只有觉知而没有思想没有情绪,该有点儿相像吧。自然,所谓离思也暂时给假了。

向来不曾亲近江山的,到此却觉得趣味丰富极了。书室的窗外,只隔一片草场,闲闲地流着闽江。彼岸的山绵延重叠,有时露出青翠的新妆,有时披上轻薄的雾帔,有时不知从什么地方来了好些云,却与山通起家来,于是更见得那些山郁郁然有奇观了。窗外这草场差不多是几十头羊与十条牛的领土。看守羊群的人似乎不主张放任主义的,他的部民才吃了一顿,立即用竹竿驱策着,叫它们回去。时时听得仿佛有几个人在那里割草的声音,便想到这十头牛特别自由,还是在场中游散。天天喝的就是它们的奶,又白又浓又香,真是无上的恩惠。

卧室的窗对着山麓,望去有裸露的黑石,有矮矮的松林,有泉水冲过的涧道。间或有一两个人在山顶上樵采, 形体藐小极了,看他们在那里运动着,便约略听得微茫的干草瑟瑟的声响。这仿佛是古代的幽人的境界, 在什么诗篇什么画幅里边遇见过的。暂时充当古代的幽人,当然有些新鲜的滋味。

月亮还在山的那边,仰望山谷,苍苍的,暗暗的,更见得深郁。一阵风起,总是锐利的一声呼啸一般,接着便是一派松涛。忽然忆起童年的情景来:那一回与同学们远足天平山,就在高义园借宿,稻草衬着褥子,横横竖竖地躺在地上。半夜里醒来了,一点儿光都没有,只听得洪流奔放似的声音,这声音差不多把一切包裹起来了;身体颇觉寒冷,因而把被头裹得更紧些。从此再也不想睡,直到天明,只是细辨那喧而弥静静而弥旨的滋味。三十年来,所谓山居就只有这么一回。而现在又听到这声音了,虽然没有那夜那么宏大, 但是往后的风信正多, 且将常常更甚地听到呢。只不知童年的那种欣赏的心情能够永永持续否……

这里有秋虫,有很多的秋虫,没有秋虫的地方究竟是该诅咒的例外。躺在床上听听,真是奇妙的合奏,有时很繁碎,有时很凝集，而总觉得恰合刚好，足以娱耳。中间有一种不知名的虫，它们的声音响亮而曼长，像是弦乐，而且引起人家一种想象，仿佛见到一位乐人在那里徐按慢抽地演奏。

松声与虫声渐渐地轻微又轻微，终于消失了……

仓前山差不多一座花园，一条路，一丛花，一所房屋，一个车夫，都有诗意。尤其可爱的是晚阳淡淡的时候，礼拜堂里送出一声钟响，绿荫下走过几个张着花纸伞的女郎。

跟着绍虞夫妇前山后山地走，认识了两相仿佛的荔枝树与龙眼树，也认识了长髯飘飘的生着气根的榕树，眺望了我们所住的那座山，又看了胭脂似的西边的暮云，于是坐在路旁的砖砌的矮栏上休息。渐渐地四围昏暗了，远处的山只像几笔极淡的墨痕染渍在灰色的纸上。乡间的女人匆匆地归去，走过我们身边，很自然地向我们看一看。那种浑朴的意态，那种奇异的装束（最足注目的是三支很长的银发钗，像三把小剑，两横一竖地把发髻拢住，我想，两个人并肩走时，横插的剑锋会划着旁人的头发），都使我想到古代的人。同时又想，什么现代精神，什么种种的纠纷，都渺茫得像此刻的远山一样，仿佛沉在梦幻里了。

中秋夜没有月，这倒很好，我本来不希望看什么中秋月。与平常没有月亮的晚上一样，关在书室里，就美孚灯光下做了一点功课，就去睡了。

第二天的傍晚，满天是云，江面黯然。西风震动窗棂，“吉格”作响。突然觉得寂寥起来，似乎无论怎样都不好。但是又不能什么都不,总要在这样那样里占其一,这时候我占的是倚窗怅望。然而怅望又有什么意思呢?

绍虞似乎有点儿揣度得出,他走来邀我到江边去散步。水波被滩石所挡,激触有声。还有广遍而轻轻的风一般的音响平铺在江面上,潮水又退出去了。便随口念旧时的诗句:

潮声应未改,客绪已频更

七年以前,我送墨林去南通。出得城来,在江滨的客店里歇宿候船,却成了独客。荒凉的江滨晚景已够叫人怅怅,又况是离别开始的一晚,真觉得百无一可了。聊学雅人口占一诗,借以排遣。现在这两句就是这一首诗里的。唉,又是潮声,又是客绪!

所谓客绪,正像冬天的浓云一般,风吹不散,只是越凝集越厚,散步的药又有什么用处。回到屋里,天差不多黑了,我们暂时不点火,就在昏暗中坐下。我说:"介泉在北京常说,在暮色苍茫之际,炉火微明,默然小坐,别有滋味。"绍虞接应了一声就不响了。很奇怪,何以我和他的声音都特别寂寞,仿佛在一个广大的永寂的虚空中,仅仅荡漾着这一些声音,音波散了,便又回复它的永寂。

想来介泉所说的滋味。一定带着酸的。他说"别有",诚然是"别有",我能够体会他的意思了。

点灯以后,居然送来了切盼而难得的邮件,昨天有一艘轮船到这里了。看了第一封,又把心挤得紧一点。第二封是平伯的,他提起我前几天作的一篇杂记,说:"……此等事终于无可奈何,不呻吟固不可,作呻吟又觉陷于怯弱。总之,无一而可,这是实话。……”

似乎觉得这确是怯弱,不要呻吟吧。

但是还是去想,呻吟为了什么?恋恋于故乡么?故乡之足以恋恋的,差不多只有藕与莼菜这些东西了,又何至于呻吟?恋恋于鹁鸽箱似的都市里的寓居么?既非鹁鸽,又何至于因为飞开了而呻吟?老实地说,简括地说,只因一种愿与最爱与同居的人同居的心情,忽然不得满足罢了。除了与最爱与同居的人同居,人间的趣味在哪里?因为不得满足而呻吟,正是至诚的话,有什么怯弱不怯弱?那么,又何必不要呻吟呢?

呻吟的心本来如已着了火的燃料,浓烟郁结,正待发焰。平伯的信恰如一根火柴,就近一引,于是炽盛地燃烧起来了……

1923 年 10 月 1 日

# 昆 曲

昆曲本是吴方言区域里的产物,现今还有人在那里传习。苏州地方,曲社有好几个。退休的官僚,现任的善堂董事,从课业练习簿的堆里溜出来的学校教员, 专等冬季里开栈收租的中年田主少年田主, 还有诸如此类的一些人, 都是那几个曲社里的社员。北平并不属于吴方言区域,可是听说也有曲社,又有私家聘请了教师学习的,在太太们,能唱几句昆曲算是一种时髦。除了这些“爱美的”唱曲家偶尔登台串演以外,职业的演唱家只有一个班子,这是唯一的班子了,就是上海“大千世界”的“仙霓社”。逢到星期日,没有什么事来逼迫,我也偶尔跑去看他们演唱,消磨一个下午。

演唱昆曲是厅堂里的事。地上铺一方红地毯,就算是剧中的境界;唱的时候,笛子是主要的乐器,声音当然不会怎么响,但是在一个厅堂里,也就各处听得见了。搬上旧式的戏台去,即使在一个并不宽广的戏院子里, 就不及平剧那样容易叫全体观众听清。如果搬上新式的舞台去,那简直没法听,大概坐在第五六排的人就只看见演员拂袖按鬓了。我不曾做过考据功夫,不知道什么时候开始有演唱昆曲的戏院子。从一些零星的记载看来,似乎明朝时候只有绅富家里养着私家的戏班子。《桃花扇》里有陈定生一班文人向阮大铖借戏班子,要到鸡鸣埭上去吃酒,看他的《燕子笺》,也可以见得当时的戏不过是几十个人看看罢了。我十几岁的时候,苏州城外有演唱平剧的戏院子两三家,演唱昆曲的戏院子是不常有的,偶尔开设起来,开锣不久,往往因为生意清淡就停闭了。

昆曲彻头彻尾是士大夫阶级的娱乐品,宴饮的当儿,叫养着的戏班子出来演几出,自然是满写意的。而那些戏本子虽然也有幽期密约,盗劫篡夺,但是总要归结到教忠教孝,劝贞劝节,神佛有灵,人力微薄,这就除了供给娱乐以外,对于士大夫阶级也尽了相当的使命。就文词而言,据内行家说,多用词藻故实是不算希奇的,要像元曲那样亦文亦话才是本色。但是,即使像了元曲,又何尝能够句句像口语一样听进耳朵就明白?再说,昆曲的调子有非常迂缓的,一个字延长到十几拍,那就无论如何讲究辨音,讲究发声跟收声,听的人总之难以听清楚那是什么字了。所以,听昆曲先得记熟曲文;自然,能够通晓曲文里的故实跟词藻那就尤其有味。这又岂是士大夫阶级以外的人所能办到的?当初编撰戏本子的人原来不曾为大众设想,他们只就自己的天地里选一些材料,编成悲欢离合的故事,借此娱乐自己,教训同辈,或者发发牢骚。谁如果说昆曲太不顾到大众,谁就是认错了题目。

昆曲的串演,歌舞并重。舞的部分就是身体的各种动作跟姿势,唱到哪个字,眼睛应该看哪里,手应该怎样,脚应该怎样,都由老师傅传授下来，世代遵守着。动作跟姿势大概重在对称，向左方做了这么一个舞态，接下来就向右方也做这么一个舞态，意思是使台下的看客得到同等的观赏。譬如《牡丹亭》里的《游园》一出，杜丽娘小姐跟春香丫头就是一对舞伴，从闺中晓妆起，直到游罢回家止，没有一刻不是带唱带舞的，而且没有一刻不是两人互相对称的。这一点似乎比较平剧跟汉调来得高明。前年看见过一本《国剧身段谱》，详记平剧里各种角色的各种姿势，实在繁复非凡；可是我们去看平剧，就觉得演员很少有动作，如《李陵碑》里的杨老令公，直站在台上尽唱，两手插在袍甲里，偶尔伸出来挥动一下罢了。昆曲虽然注重动作跟姿势，也要演员能够体会才好，如果不知道所以然，只是死守着祖传来表演，那就跟木偶戏差不多。

昆曲跟平剧在本质上没有多大差别，然而后者比较适合于市民，而士大夫阶级已无法挽救他们的没落，昆曲恐将不免于淘汰。这跟麻将代替了围棋，豁拳代替了酒令，是同样的情形。虽然有曲社里的人在那里传习，然而可怜得很，有些人连曲文都解不通，字音都念不准，自以为风雅，实际上却是薛蟠那样的哼哼，活受罪，等到一个时会到来，他们再没有哼哼的余闲，昆曲岂不将就此“绝响”？这也没有什么可惜，昆曲原不过是士大夫阶级的娱乐品罢了。

有人说，还有大学文科里的“曲学”一门在。大学文科分门这样细，有了诗，还有词，有了词，还有曲，有了曲，还有散曲跟剧曲，有了剧曲，还有元曲研究跟传奇研究，我只有钦佩赞叹，别无话说。如果真是研究，把曲这样东西看做文学史里的一宗材料，还它个本来面目，那自然是正当的事。但是人的癖性往往会因为亲近了某种东西，生出特别的爱好心情来，以为天下之道尽在于此。这样，就离开研究二字不止十里八里了。我又听说某一所大学里的“曲学”一门功课，教授先生在教室里简直就教唱昆曲，教台旁边坐着笛师，笛声嘘嘘地吹起来，教授先生跟学生就一同嗳嗳嗳……地唱起来。告诉我的那位先生说这太不成话了，言下颇有点愤慨。我说，那位教授先生大概还没有知道，“仙霓社”的台柱子，有名的巾生顾传玠，因为唱昆曲没前途，从前年起丢掉本行，进某大学当学生去了。

这一回又是望道先生出的题目。真是漫谈，对于昆曲一点儿也没有说出中肯的话。

1931 年 10 月

# 牵牛花

手种牵牛花，接连有三四年了。水门汀地没法下种，种在十来个瓦盆里。泥是今年又明年反复用着的，无从取得新的泥来加入。曾与铁路轨道旁种地的那个北方人商量，愿出钱向他买一点儿，他不肯。

从城隍庙的花店里买了一包过磷酸骨粉，搀和在每一盆泥里，这算代替了新泥。

瓦盆排列在墙脚，从墙头垂下十条麻线，每两条距离七八寸，让牵牛的藤蔓缠绕上去。这是今年的新计划，往年是把瓦盆摆在三尺光景高的木架子上的。这样，藤蔓很容易爬到了墙头；随后长出来的互相纠缠着，因自身的重量倒垂下来，但末梢的嫩条便又蛇头一般仰起，向上伸，与别组的嫩条纠缠，待不胜重量时重演那老把戏；因此墙头往往堆积着繁密的叶和花，与墙腰的部分不相称。今年从墙脚爬起，沿墙多了三尺光景的路程，或者会好一点儿；而且，这就将有一垛完全是叶和花的墙。

藤蔓从两瓣子叶中间引伸出来以后，不到一个月功夫，爬得最快的几株将要齐墙头了。每一个叶柄处生一个花蕾，像谷粒那么大，便转黄萎去。据几年来的经验，知道起头的一批花蕾是开不出来的；到后来发育更见旺盛，新的叶蔓比近根部的肥大，那时的花蕾才开得成。

今年的叶格外绿，绿得鲜明；又格外厚，仿佛丝绒剪成的。这自然是过磷酸骨粉的功效。他日花开，可以推知将比往年的盛大。

但兴趣并不专在看花，种了这小东西，庭中就成为系人心情的所在，早上才起，工毕回来，不觉总要在那里小立一会儿。那藤蔓缠着麻线卷上去，嫩绿的头看似静止的，并不动弹；实际却无时不回旋向上，在先朝这边，停一歇再看，它便朝那边了。前一晚只是绿豆般大一粒嫩头，早起看时，便已透出二三寸长的新条，缀一两张长满细白绒毛的小叶子，叶柄处是仅能辨认形状的小花蕾，而末梢又有了绿豆般大一粒嫩头。有时认着墙上的斑剥痕迹，明天未必便爬到那里吧；但出乎意外，明晨竟爬到了斑剥痕之上；好努力的一夜功夫！“生之力”不可得见；在这样小立静观的当儿，却默契了“生之力”了。渐渐地，浑忘意想，复何言说，只呆对着这一墙绿叶。

即使没有花，兴趣未尝短少；何况他日花开，将比往年盛大呢。

1931 年

# 看 月

住在上海“弄堂房子”里的人对于月亮的圆缺隐现是不甚关心的。所谓“天井”，不到一丈见方的面积。至少十六支光的电灯每间里总得挂一盏。环境限定，不容你有关心到月亮的便利。走到路上，还没“断黑”已经一连串地亮了街灯。有月亮吧，就像多了一盏灯。没有月亮吧，犹如一盏街灯损坏了，没有亮起来。谁留意这些呢？

去年夏天，我曾经说过不大听到蝉声，现在说起月亮，我又觉得许久不看见月亮了。只记得某夜夜半醒来，对窗的收音机已经沉寂，隔壁的“麻将”也歇了手，各家的电灯都已熄灭，一道象牙色的光从南窗透进来，把窗棂印在我的被袱上。我略微感到惊异，随即想到原来是月亮光。好奇地要看看月亮本身，我向窗外望。但是，一会儿月亮被云遮没了。

从北平来的人往往说在上海这地方怎么“呆”得住。一切都这样紧张。空气是这样龌龊。走出去很难得看见树木，诸如此类，他们可以举出一大堆。我想，月亮仿佛失掉了这一点，也该列入他们认为上海“呆”不住的理由吧。假若如此，我倒并不同意。在生活的诸般条件里列入必须看月亮一项，那是没有理由的。清旷的襟怀和高远的想象力未必定须由对月而养成。把仰望的双眼移到地面，同样可以收到修养上的效益，而且更见切实。可是我并非反对看月亮，只是说即使不看也没有什么关系罢了。

最好的月色我也曾看过。那时在福州的乡下，地当闽江一折的那个角上。某夜，靠着楼栏直望。闽江正在上潮，受着月光，成为水银的洪流。江岸诸山略微笼罩着雾气，好像不是平日看惯的那几座山了。月亮高高停在天空，非常舒泰的样子。从江岸直到我的楼下是一大片沙坪，月光照着，茫然一白，但带点儿青的意味。不知什么地方送来晚香玉的香气。也许是月亮的香气吧，我这么想。我心中不起一切杂念，大约历一刻钟之久，才回转身来。看见蛎粉墙上印着我的身影，我于是重又意识到了我。

那样的月色如果能得再看几回，自然是愉悦的事，虽然前面我说过“即使不看也没有什么关系”。

1933 年

# 说　书

因为我是苏州人，望道先生要我谈谈苏州的说书。我从七八岁的时候起，私塾里放了学，常常跟着父亲去“听书”。到十三岁进了学校才间断，这几年间听的“书”真不少。“小书”如《珍珠塔》《描金凤》《三笑》《文武香球》，“大书”如《三国志》《水浒》《英烈》《金台传》，都不止听一遍，最多的听到三遍四遍。但是现在差不多忘记干净了，不要说“书”里的情节，就是几个主要人物的姓名也说不齐全了。

“小书”说的是才子佳人，“大书”说的是历史故事跟江湖好汉，这是大概的区别。“小书”在表白里夹着唱词，唱的时候说书人弹着三弦；如果是双档（两个人登台），另外一个就弹琵琶或者打铜丝琴。“大书”没有唱词，完全是表白。说“大书”的那把黑纸扇比较说“小书”的更为有用，几乎是一切“道具”的代替品，诸葛亮不离手的鹅毛扇，赵子龙手里的长枪，李逵手里的板斧，胡大海手托的千斤石，都是那把黑纸扇。

说“小书”的唱词据说是依“中州韵”的，实际上十之八九是方音，往往ㄣㄥ不分，“真”“庚”同韵。唱的调子有两派：一派叫“马调”，一派叫“俞调”。“马调”质朴，“俞调”婉转。“马调”容易听清楚，“俞调”抑扬太多，唱得不好，把字音变了，就听不明白。“俞调”又比较是女性的，说书的如果是中年以上的人，勉强逼紧了喉咙，发出撕裂似的声音来，真叫人坐立不安，浑身肉麻。

“小书”要说得细腻。《珍珠塔》里的陈翠娥见母亲势利，冷待远道来访的穷表弟方卿，私自把珍珠塔当作干点心送走了他。后来忽听得方卿来了，是个唱“道情”的穷道士打扮，要求见她。她料知其中必有蹊跷，下楼去见他呢还是不见他，踌躇再四，于是下了几级楼梯就回上去，上去了又走下几级来，这样上上下下有好多回，一回有一回的想头。这段情节在名手有好几天可以说。其时听众都异常兴奋，彼此猜测，有的说“今天陈小姐总该下楼梯了”，有的说“我看明天还得回上去呢”。

“大书”比较“小书”尤其着重表演。说书人坐在椅子上，前面是一张半桌，偶然站起来，也不很容易回旋，可是像演员上了戏台一样，交战，打擂台，都要把双方的姿态做给人家看。据内行家的意见，这些动作要做得沉着老到，一丝不乱，才是真功夫。说到这等情节自然很吃力，所以这等情节也就是“大书”的关子。譬如听《水浒》，前十天半个月就传说“明天该是景阳冈打虎了”，但是过了十天半个月，还只说到武松醉醺醺跑上冈子去。

说“大书”的又有一声“咆头”，算是了不得的“力作”。那是非常之长的喊叫，舌头打着滚，声音从阔大转到尖锐，又从尖锐转到奔放，有本领的喊起来，大概占到一两分钟的时间：算是勇夫发威时候的吼声。张飞喝断灞陵桥就是这么一声“咆头”。听众听到了“咆头”，散出书场来还觉得津津有味。

无论“小书”和“大书”，说起来都有“表”跟“白”的分别。“表”是用说书人的口气叙述；“白”是说书人说书中人的话。所以“表”的部分只是说书人自己的声口，而“白”的部分必须起角色，生旦净丑，男女老少，各如书中人的身份。起角色的时候，大概贴旦丑角之类仍用苏白，正角色就得说“中州韵”，那就是“苏州人说官话”了。

说书并不专说书中的事，往往在可以旁生枝节的地方加入许多“穿插”。“穿插”的来源无非《笑林广记》之类，能够自出心裁的编排一两个“穿插”的当然是能手了。关于性的笑话最受听众欢迎，所以这类“穿插”差不多每回可以听到。最后的警句说了出来之后，满场听众个个哈哈大笑，一时合不拢嘴来。

书场设在茶馆里。除了苏州城里，各乡镇的茶馆也有书场。也不止苏州一地，大概整个吴方言区域全是这批说书人的说教地。直到如今还是如此。听众是士绅以及商人，以及小部分的工人农民。从前女人不上茶馆听书，现在可不同了。听书的人在书场里欣赏说书人的艺术，同时得到种种的人生经验：公子小姐的恋爱方式，何用式的阴谋诡计，君师主义的社会观，因果报应的伦理观，江湖好汉的大块分金，大碗吃肉，超自然力的宰制人间，无法抵抗……也说不尽这许多，总之，那些人生经验是非现代的。

现在，书场又设到无线电播音室里去了。听众不用上茶馆，只要旋转那“开关”，就可以听到叮叮咚咚的弦索声或者海瑞、华太师等人的一声长嗽。非现代的人生经验利用了现代的利器来传播。这真是时代的讽刺。

1934 年

# 写不出什么

“随便写一点文字吧。”杂志编者这样叮嘱我。我当然感激他们的好意，同时就想努力写一点什么，报答他们。

然而结果往往是什么也没有写。见面，当面道歉；不见面，写封信去。

写一点什么总得有个意思，这个意思又得肢体完整，眉目清楚，朦朦胧胧像一团烟雾是不成的。我也时常有一些意思，不幸朦朦胧胧的居多。这自然因为学问不够，经验短少的缘故。

譬如读了人家的一篇小说或者散文，我也会觉得某一部分满意，某一部分未免有些欠缺。那么，好，来一篇评论吧。这个我可干不来。评论自有“评论之学”，外行去干，一定非驴非马。譬如，看了《渔光曲》，我就觉得前半部凝练、自然，后半部比较松散、牵强；如果用文体来比拟，这个影片是一篇记叙文，不是一篇小说。可是我不敢写“影评”。就只有这一两句话，写出来岂不笑杀“影评”的专家。譬如，听说张天师求雨，某要人主持“时轮金刚法会”，耳闻驱逐吃月亮的天狗的锣鼓鞭炮声，眼见街头飘飘地挂着“盂兰盆会”的纸锭，我就止不住心头的恨，恨这个鬼神充塞的地方。我能写一点什么去唤醒这批装神弄鬼的家伙吗？一来是没有多少话好说，“鬼神，根本没有这回事”，这样一句就完了；二来呢，这批家伙是无法唤醒的，除非决定他们的生活方式的条件改变过了。所以，恨了也就完事，从不曾想到写一点什么。

一定要勉强写一点，那也未尝不可。就把那朦朦胧胧的意思作根子，对着它苦苦地想，待它发出枝条，长出叶子来。笔杆儿常常停在手里，写第一句的时候不知道第二句是什么，第二句有了，第三句还没有在一团烟雾里露脸。只要有相当的耐性，经过一番努力之后，也就可以成篇。但是，这样写成功的文字至多像一棵将要枯萎的树，缺少精力，毫无生趣。这种东西，自己看看就觉得讨厌，又怎么能够给人家看？对于人家，又怎么会有丝毫的益处？那么，开头就不要勉强，让笔尖儿插在笔帽里好得多了。

见许多友朋对于无论什么都有层出不穷的意见，嘴里时常滔滔不绝，提起笔来就连篇累牍写个不休，我唯有羡慕，没法追随。又听他们说“我预备写一部东西，大概有二十来万字”，或者说“这不过是一篇小论文，才只有十万字光景罢了”。这时候我就惊诧他们的“多”，同时惭愧自己的“少”，少到几乎等于零。

如果我懂得一点礼义廉耻之类的古义或者新诠，就可以写几篇《四维论》、《礼义廉耻通释》，去应市面。可惜我对于旧的甲部丙部之学和新的生活哲学都没有研究，只好“不着一字”。

如果我有多余的钱，能够向破落的旧家或者灵敏的书贾买几部希世的孤本，或者出洋到巴黎，伦敦，近一点就是日本各地，在那里的图书馆里看看敦煌的卷子，什么朝代的国画，也就可以写几篇考证文字,希望加入学者之林。可惜我并没有多余的钱,希世的孤本固然不敢梦想,出洋的轮船又难以有缘。

如果我过着闲适的生活,养花、品茶、看山、访友、兴到的时候就可以提起笔来写几篇小品文,在这个年头,小品文是时髦不过的。可惜我每天要往造书的工厂里去,从早上八点起,到下午五点半止,忙的是红墨水、蓝墨水、校样、复写纸之类的事;最近过了一个夏天,没有听到一声蝉鸣,也没有见到一朵荷花,小品文的"灵感"根本就不来访问我的头脑。

以上这些话无非说明我写不出什么,杂志的编者看了,就可以知道我并不是有意违背他们的嘱咐了。

1934 年

# 天井里的种植

搬到上海来十多年,一直住的弄堂房子。弄堂房子,内地人也许不明白是什么式样。那是各所一律的:前墙通连,隔墙公用;若干所房子成为一排;前后两排间的通路就叫做“弄堂”;若干条弄堂合起来总称什么里什么坊,表示那是某一个房主的房产。每一所房子开门进去是个小天井。天井,也许又有人不明白是什么。天井就是庭院;弄堂房子的庭院可真浅,只须三四步就跨过了,横里等于一所房子的阔,也不过五六步光景,如果从空中望下来,一定会觉得那个“井”字怪适当的。天井跨进去就是正间。正间背后横生着扶梯,通到楼上的正间以及后面的亭子间。因为房子并不宽,横生的扶梯够不到楼上的正间,碰到墙,拐弯向前去,又是四五级,那才是楼板。到亭子间可不用跨这四五级,所以亭子间比楼正间低。亭子间的下层是灶间;上层是晒台,从楼正间另一旁的扶梯走上去。近年来常常在文人笔下出现的亭子间就是这么局促闷损的居室。然而弄堂房子的结构确乎值得佩服;

俗语说,“麻雀虽小,五脏俱全”,弄堂房子就合着这样经济的条件。

住弄堂房子，非但栽不成深林丛树，就是几棵花草也没法种,因为天井里完全铺着水门汀。你要看花草只有种在花盆里。盆里的泥往往是反复地种过了几种东西的,一些养料早被用完,又没处去取肥美的泥土来加入；所以长出叶子来开出花朵来大都瘦小可怜。有些人家嫌自己动手麻烦,又正有余多的钱足以对付小小的奢侈的开支,就与花园约定,每个月送两回或者三回盆景来;这样,家里就长年有及时的花草,过了时的自有花匠带回去,真是毫不费事。然而这等人家的趣味大都在于不缺少照例应有的点缀,自己的生活跟花草的生活却并没有多大干系;只要看花匠带回去的,不是干枯了的叶子,就是折断了的枝干,可见我这话没有冤枉了他们。再有些人家从小菜场买一些折枝截茎的花草,拿回来就插在花瓶里,不像日本人那样讲究什么“花道”,插成“乱柴把”或者“喜鹊窠”都不在乎;直到枯萎了,拔起来向垃圾桶一扔,就此完事。这除了“我家也有一点儿花草”以外,实在很少意味。

我们乐于亲近植物，趣味并不完全在看花。一条枝条伸出来,一张叶子展开来,你如果耐着性儿看,随时有新的色泽跟姿态勾引你的欢喜。到了秋天冬天,吹来几阵西风北风,树叶毫不留恋地掉将下来;这似乎最乏味了。然而你留心看时,就会发现枝条上旧时生着叶柄的处所,有很细小的一粒透露出来,那就是来春新枝条的萌芽。春天的到来是可以预计的,所以你对着没有叶子的枝条也不至于感到寂寞,你有来春看新绿的希望。这固然不值一班珍赏家的一笑,在他们,树一定要搜求佳种,花一定要能够入谱,寻常的种类跟谱外的货色就不屑一看;但是,果真能从花草方面得到真实的享受,做一个非珍赏家的“外行”又有什么关系。然而买一点折枝截茎的花草来插在花瓶里,那是无法得到这种享受的;叫花匠每个月送几回盆景来也不行,因为时间太短促,你不能读遍一种植物的生活史;自己动手弄盆栽当然比较好,可是植物入了盆犹如鸟进了笼,无论如何总显得拘束,滞钝,跟原来不一样。推究到底,只有把植物种在泥地里最好。可是哪来泥地呢?弄堂房子的天井里有的是坚硬的水门汀!

把水门汀去掉;我时时这样想,并且告诉别人。关切我的人就提出了驳议。有两说:又不是自己的房产,给点缀花木犯不着,这是一说;谁知道这所房子住多少日子,何必种了花木让别人看,这是又一说。前者着眼在经济;后者只怕徒劳而得不到报酬。这种见识虽然不能叫我信服,可是究属好意;我对他们都致了谢。然而也并没有立刻动手。直到三年前的冬季,才真个把天井里的水门汀的两边凿去,只留当中一道,作为通路。水门汀下面满是砖砾,烦一个工人用了独轮车替我运出去。他就从不很近的田野里载回来泥土,倒在凿开的地方。来回四五趟,泥土与留着的水门汀平了。于是我买一些植物来种下,计蔷薇两棵,紫藤两棵,红梅一棵,芍药根一个。蔷薇跟紫藤都落了叶,但是生着叶柄的处所,萌芽的小粒已经透出来了;红梅满缀着花蕾,有几个已经展开了一两瓣;芍药根生着嫩红的新芽,像一个个笔尖,尤其可爱。我希望它们发育得壮健些,特地从江湾买来一片豆饼,融化了,分配在各棵的根旁边;又听说芍药更需要肥料,先在安根处所的下边埋了一条猪的大肠。

不到两个月,“一二八”战役起来了。停战以后,我回去捡残余的东西。天井完全给碎砖断板掩没了。只红梅的几条枝条伸出来,还留着几个干枯的花萼;新叶全不见,大概是没命了。当时心里充满着种种的忿恨,一瞥过后,就不再想到花呀草呀的事。后来回想起来,才觉得这回的种植真是多此一举。既没有点缀人家的房产,也没有让别人看到什么,除了那棵红梅总算看见它半开以外,一点儿效果都没有得到,这才是确切的“犯不着”。然而当初提出驳议的人并不曾想到这一层。

去年秋季,我又搬家了。经朋友指点,来看这所房子,才进里门,我就中了意,因为每所房子的天井都留着泥地,再不用你费事,只一条过路涂的水门汀。搬了进来之后,我就打算种点儿东西。一个卖花的由朋友介绍过来了。我说要一棵垂柳,大约齐楼上的栏干那么高。他说有,下礼拜早上送来。到了那礼拜天,一家人似乎有一位客人将要到来,都起得很早。但是,报纸送来了,到小菜场去买菜的回来了,垂柳却没有消息。那卖花的“放生”了吧,不免感到失望。忽然,“树来了!树来了!”在弄堂里赛跑的孩子叫将起来。三个人扛着一棵绿叶蓬蓬的树,在门首停下;不待竖直, 就认知这是柳树而并不是垂柳。为什么不送一棵垂柳来呢?种活来得难哩,价钱贵得多哩,他们说出好些理由。不垂又有什么关系,具有生意跟韵致是一样的。就叫他们给我种在门侧;正是齐楼上的栏干那么高。问多少价钱,两块四,我照给了。人家都说太贵,若在乡下,这样一棵柳树值不到两毛钱。我可不这么想。三个人的劳力,从江湾跑了十多里路来到我这里,并且带来一棵绿叶蓬蓬的柳树,还不值这点儿钱吗?就是普通的商品,譬如四毛钱买一双袜子,一块钱买三罐香烟,如果撇开了资本吸收利润这一点来说,付出的代价跟取得的享受总有些抵不过似的,因为每样物品都是最可贵的劳力的化身，而付出的代价怎样来的未必每个人没有问题。

柳树离开了土地一些时，种下去过了三四天，叶子转黄，都软软地倒垂了；但枝条还是绿的。半个月后就是小春天气，接连十几天的暖和，枝条上透出许多嫩芽来；这尤其叫人放心。现在吹过了几阵西风，节令已交小寒，这些嫩芽枯萎了。然而清明时节必将有一树新绿是无疑的。到了夏天，繁密的柳叶正好代替凉棚，遮护这小小的天井：那又合于家庭经济原理了。

柳树以外我又在天井里种了一棵夹竹桃，一棵绿梅，一条紫藤，一丛蔷薇，一个芍药根，以及叫不出名字来的两棵灌木；又有一棵小刺柏，是从前住在这里的人家留下来的。天井小，而我偏贪多；这几种东西长大起来，必须彼此都不舒服。我说笑话，我安排下一个“物竞”的场所，任它们去争取“天择”吧。那棵绿梅花蕾很多，明后天有两三朵开了。

1935 年

# 几种赠品

两个月前，接到厦门寄来一封信。拆开来看，是不相识的广洽和尚写的；附带赠给我一张弘一法师最近的相片。信上说我曾经写过那篇《两法师》，一定乐于得到弘一法师的相片。料知人家欢喜什么，就让人家享有那种欢喜，遥远的阻隔不管，彼此还没相识也不管！这种情谊是非常可感的。我立刻写信回答广洽和尚；说是谢，太浮俗了，我表示了永远感激的意思。

相片是六寸的，并非“艺术照相”，布局也平常，跟身旁放着茶几，茶几上供着花盆茶盅的那些相片差不多。寺院的石墙作为背景，正受阳光，显得很亮；靠左一个石库门，门开着，画面就有了乌黑的长方形。地上铺着石板，平，干净。近墙种一棵树，比石库门高一点儿，平行脉叶很阔大，不知道是什么；根旁用低低的石栏围成四方形，栏内透出些兰草似的东西。一张半桌放在树前面，铺着桌布；陈设的是两叠经典，一个装着画佛的镜框子，还有一个花瓶，瓶里插着菊科的小花。这真所谓一副拍照的架子；依弘一法师的艺术眼光看来，也许会嫌得太呆板了；然而他对不论什么都欢喜满足，人家给他这样布置了请他坐下来的时候，他大概连连地说“好的，好的”吧。他端坐在半桌的左边；披着袈裟，折痕很明显；右手露出在袖外，拈着佛珠；脚上还是穿着行脚僧的那种布缕纽成的鞋。他现在不留胡须了，嘴略微右歪，眼睛细小，两条眉毛距离得很远；比较前几年，他显得老了，可是他的微笑里透露出更多的慈祥。相片上题着十个字：“甲戌九月居晋水兰若造”，是他的亲笔；照相师给印在前方垂下来的桌布上，颇难看。然而，我想，他看见的时候，大概也是连连地说“好的，好的”吧。

收到了照片以后不多几天，弘一法师托人带来两个瓷碟，送给丏尊先生跟我。郑重地封裹着，一张纸里面又是一张纸；纸面写上嘱咐的话，请带来的人不要重压。贴着碟子有个字条子：“泉州土产瓷碟二个，绘画美丽，堪与和兰瓷媲美，以奉丏尊圣陶二居士清赏。一音”。书法极随便，不像他写经语佛号的字幅那样谨严，然而没有一笔败笔，通体秀美可爱。

瓷碟子的直径大约三寸，土质并不怎样好，涂上了釉，白里泛点儿青；跟上海缸甏店里出卖的最便宜的碗碟差不多。中心画着折枝；三簇叶子像竹叶，另外几簇却又像蔷薇；花三朵，都只有阔大的五六瓣，说不来像什么；一只鸟把半朵花掩没了，全身轮廓作半月形，翅膀跟脚都没有画。叶子着的淡绿；花跟鸟头淡朱；鸟身和鸟眼是几乎辨不清的淡黄。从笔姿跟着色看，很像小学生的美术课成绩。和兰瓷是怎样的，我没有见过；只觉得这碟子比那些金边的画着工细的山水人物的可爱。可爱在哪里，贪图省力的回答自然只消说“古拙”二字；要说得精到些，恐怕还有旁的道理呢。

前面说起照片，现在再来记述一张照片。贺昌群先生游罢华山,寄给我一张十二寸的放大片。前几年他在上海,亲手照的相我见过好些,这一张该是他的"得意之作"了。

这一张是直幅,左边峭壁,右边白云,把画面斜分成两半。一条栈道从左下角伸出来,那是在山壁上凿成的仅能通过一个人的窄路;靠右歪斜地立着木栏干,有几个人扶着木栏干向上走。路一转往左,就只见深黑的一条裂缝;直到将近左上角,给略微突出的石壁遮没了。后面的石壁有三四处极大的凹陷,都深黑,使人想那些也许是古怪的洞穴。所有的石壁完全赤裸裸的,只后面的石壁的上部挺立着一丛柏树:枝条横生,疏疏落落地点缀着细叶,类似"国画"的笔法。右边半幅白云微微显出浓淡;右上角还有两搭极淡的山顶,这就不嫌寂寞,勾引人悠远的想象。——这里叫做长空栈,是华山有名的险峻处所。

最近接到金叶女士封寄的两颗红豆。附信大意说,家乡寄来一些红豆,同学看见了,一抢而光。这两颗还是偷偷地藏起来的,因为好玩,就寄给我。过一些时,还要变得鲜艳呢。从小读"红豆生南国"的诗,就知道红豆这个名称,可是没有见过实物。现在金叶女士使我长些见识,自然欢喜。

红豆作扁荷包形,跟大豆蚕豆绝不相像。皮朱红色,光泽;每面有不规则形的几搭略微显得淡些。一条洁白的脐生在荷包开口的部分,像小孩的指甲。红豆向来被称为树,而有这生在荚内的果实,大概是紫藤一般的藤本。豆粒很坚硬,听说可以久藏。如果拿来镶戒指,倒是别有意趣的。

这里记述了近来得到的几种赠品。比起名画跟古董来,这些东西尤其可贵,因为这些东西浸渍着深厚的情谊。

1935 年

# 过 节

逢到节令，我们遵照老例祭祖先。苏州人把祭祖先特称为“过节”,别地方人买一些酒菜,大家在节日吃喝一顿,叫做“过节”;苏州人对于这两个字似乎没有这样用法。

过节以前,母亲早已把纸锭折好了。纸锭的原料是锡箔,是绍兴地方的特产。前几年我到绍兴,在一个土山上小立,只听得密集的市屋间传出达达的声音,互相应答,就是在那里打锡箔。

我家过节共有三桌。上海弄堂房子地位狭窄,三桌没法同时祭,只得先来两桌,再来一桌。方桌子仅有一只,只得用小圆桌凑数。本来是三面设坐位的,因为椅子不够,就改为只设一面。杯筷碗碟拿不出整齐的全套,就取杂色的来应用。蜡盏弯了头。香炉里香灰都没有,只好把三支香搁在炉口就算。总之,一切都马虎得很。好在母亲并不拘于成规，对于这一切马虎不曾表示过不满。但是我知道,如果就此废止过节,一定会引起她的不快。所以我从没有说起废止过节。

供了香,斟了酒,接着就是拜跪。平时太少运动了,才过四十岁,膝关节已经硬化,跪下去只觉得僵僵的,此外别无所思。在满坐的祖先中间,记忆得最真切的是父亲与叔父,因为他们过世最后。但是我不能想象他们与十几位祖先挤坐在两把椅子上举杯喝酒举筷吃菜的情状。又有一个十一岁上过世的妹妹,今年该三十八了,母亲每次给她特设一盘水果,我也不能想象她剥橘皮吐桃核的情状。

从前父亲叔父在日, 他们的拜跪就不相同。容貌显得很肃穆,一跪三叩之后,又轻轻叩头至数十回,好像在那里默祷,然后站起来,恭敬地离开拜位。所谓“祭如在”,“临事而敬”,他们是从小就成为习惯了的。新教育的推行与时代的转变把古传的精灵信仰打破,把儒家的报本返始的观念看得并没有什么了不起,于是“如在”即“如”不起来,“临事”自不能装模作样地虚“敬”,只成为一种毫无意义的例行故事:这原是必然的。

几个孩子有时跟着我拜,有时说不高兴拜,也就让他们去。焚化纸锭却是他们欢喜干的事, 在一个搪瓷面盆里慢慢地把纸锭加进去,看它们给火焰吞食,一会儿变成白色的灰烬,仿佛有冬天拨弄炭火盆那种情味。孩子们所知道的过节,第一自然是吃饭时有较好较多的菜;第二,这是家庭里的特种游戏,一年内总得表演几回的。至于祖先会扶老携幼到来,分着左昭右穆坐定,吃喝一顿之后,又带着钱钞回去:这在孩子是没法想象的,好比我不能想象父亲叔父会到来参加这家族的宴飨一样。从这一点想,虽然逢时过节,对于孩子大概不至于有害吧。

1935 年

# 牛

在乡下住的几年里,天天看见牛。可是直到现在还像显现在眼前的,只有牛的大眼睛。冬天,牛拴在门口晒太阳。它躺着,嘴不停的蹉磨,眼睛就似乎比忙的时候睁得更大。牛眼睛好像白的成分多,那是惨白。我说它惨白,也许为了上面网着一条条血丝。我以为这两种颜色配合在一起,只能用死者的寂静配合着吊丧者的哭声那样的情景来相摹拟。牛的眼睛太大,又鼓得太高,简直到了使你害怕的程度。我进院子的时候经过牛身旁,总注意到牛鼓着的两只大眼睛在瞪着我。我禁不住想,它这样瞪着,瞪着,会猛的站起身朝我撞过来。我确实感到那眼光里含着恨。我也体会出它为什么这样瞪着我,总距离它远远的绕过去。有时候我留心看它将会有什么举动,可是只见它呆呆地瞪着,我觉得那眼睛里似乎还有别的使人看了不自在的意味。

我们院子里有好些小孩,活泼,天真,当然也顽皮。春天,他们扑蝴蝶。夏天,他们钓青蛙。谷子成熟的时候到处都有油蚱蜢,他们捉了来,在灶堂里煨了吃。冬天,什么小生物全不见了,他们就玩牛。

有好几回,我见牛让他们惹得发了脾气。它绕着拴住它的木桩子,一圈儿一圈儿的转。低着头,斜起角,眼睛打角底下瞪出来,就好像这一撞要把整个天地翻个身似的。

孩子们是这样玩的:他们一个个远远的站着,捡些石子朝牛扔去。起先,石子不怎么大,扔在牛身上,那一搭皮肤马上轻轻的抖一下,像我们的嘴角动一下似的。渐渐的,捡来的石子大起来了,扔到身上牛会掉过头来瞪着你。要是有个孩子特别胆大,特别机灵,他会到竹园里找来一根毛竹,伸得远远的去撩牛的尾巴,戳牛的屁股,把牛惹起火来。可是,我从未见过他们撩起牛的头。我想,即使是小孩,也从那双大眼睛看出使人不自在的意味了。

玩到最后,牛站起来了,于是孩子们轰的一声,四处跑散。这种把戏,我看得很熟很熟了。

有一回,正巧一个长工打院子里出来,他三十光景了,还像孩子似的爱闹着玩。他一把捉住个孩子,"莫跑,"他说,"见了牛都要跑,改天还想吃庄稼饭?"他朝我笑笑说,"真的,牛不消怕得。你看它有那么大吗?它不会撞人的。牛的眼睛有点不同。"

以下是长工告诉我的话。

"比方说,我们看见这根木头桩子,牛眼睛看来就像一根撑天柱。比方说,一块田十多亩,牛眼睛看来就没有边,没有沿。牛眼睛看出来的东西,都比原来大,大许多许多。看我们人,就有四金刚那么高,那么大。站到我们跟前它就害怕了,它不敢倔强,随便拿它怎么样都不敢倔强。它当我们只要两个指头就能捻死它,抬一抬脚趾拇就能踢它到半天云里，我们哈气就像下雨一样。那它就只有听我们使唤，天好，落雨，生田，熟田，我们要耕，它就只有耕，没得话说的。你先生说对不对，幸好牛有那么一双眼睛。不然的话，还让你使唤啊，那么大的一个，力气又蛮，踩到一脚就要痛上好几天。对了，我们跟牛，五个抵一个都抵不住。好在牛眼睛看出来，我们一个抵它十几个。”

以后，我进出院子的时候，总特意留心看牛的眼睛，我明白了另一种使人看着不自在的意味。那黄色的浑浊的瞳仁，那老是直视前方的眼光，都带着恐惧的神情，这使眼睛里的恨转成了哀怨。站在牛的立场上说，如果能去掉这双眼睛，成了瞎子也值得，因为得到自由了。

1946 年 12 月

# 两法师

在到功德林去会见弘一法师的路上，怀着似乎从来不曾有过的洁净的心情；也可以说带着渴望，不过与希冀看一出著名的电影剧等的渴望并不一样。

弘一法师就是李叔同先生，我最初知道他在民国初年；那时上海有一种《太平洋报》，其艺术副刊由李先生主编，我对于副刊所载他的书画篆刻都中意。以后数年，听人说李先生已经出了家，在西湖某寺。游西湖时，在西泠印社石壁上见到李先生的“印藏”。去年子恺先生刊印《子恺漫画》，丏尊先生给它作序文，说起李先生的生活，我才知道得详明些；就从这时起，知道李先生现在称弘一了。

于是不免向子恺先生询问关于弘一法师的种种。承他详细见告。十分感兴趣之余，自然来了见一见的愿望，就向子恺先生说了。“好的，待有机缘，我同你去见他。”子恺先生的声调永远是这样朴素而真挚的。以后遇见子恺先生，他常常告诉我弘一法师的近况:记得有一次给我看弘一法师的来信,中间有“叶居士”云云,我看了很觉惭愧,虽然“居士”不是什么特别的尊称。

前此一星期,饭后去上工,劈面来三辆人力车。最先是个和尚,我并不措意。第二是子恺先生,他惊喜似地向我颠头。我也颠头,心里就闪电般想起“后面一定是他”。人力车夫跑得很快,第三辆一霎经过时,我见坐着的果然是个和尚,清癯的脸,颔下有稀疏的长髯。我的感情有点激动,“他来了!”这样想着,屡屡回头望那越去越远的车篷的后影。

第二天,就接到子恺先生的信,约我星期日到功德林去会见。

是深深尝了世间味,探了艺术之宫的,却回过来过那种通常以为枯寂的持律念佛的生活,他的态度该是怎样,他的言论该是怎样,实在难以悬揣。因此,在带着渴望的似乎从来不曾有过的洁净的心情里,还搀着些惝怳的成分。

走上功德林的扶梯,被侍者导引进那房间时,近十位先到的恬静地起立相迎。靠窗的左角,正是光线最明亮的地方,站着那位弘一法师,带笑的容颜,细小的眼眸子放出晶莹的光。丏尊先生给我介绍之后,叫我坐在弘一法师的侧边。弘一法师坐下来之后,就悠然数着手里的念珠。我想一颗念珠一声“阿弥陀佛”吧。本来没有什么话要向他谈,见这样更沉入近乎催眠状态的凝思,言语是全不需要了。可怪的是在座一些人,或是他的旧友,或是他的学生,在这难得的会晤时,似乎该有好些抒情的话与他谈,然而不然,大家也只默然不多开口。未必因僧俗殊途,尘净异致,而有所矜持吧。或许他们以为这样默对一二小时,已胜于十年的晤谈了。

晴秋的午前的时光在恬然的静默中经过,觉得有难言的美。

随后又来了几位客，向弘一法师问几时来的，到什么地方去那些话。他的回答总是一句短语；可是殷勤极了，有如倾诉整个心愿。

因为弘一法师是过午不食的，十一点钟就开始聚餐。我看他那曾经挥洒书画弹奏钢琴的手郑重地夹起一荚豇豆来，欢喜满足地送入口中去咀嚼的那种神情，真惭愧自己平时的乱吞胡咽。

“这碟子是酱油吧？”

以为他要酱油，某君想把酱油碟子移到他前面。

“不，是这个日本的居士要。”

果然，这位日本人道谢了，弘一法师于无形中体会到他的愿欲。

石岑先生爱谈人生问题，著有《人生哲学》，席间他请弘一法师谈些关于人生的意见。

“惭愧，”弘一法师虔敬地回答，“没有研究，不能说什么。”

以学佛的人对于人生问题没有研究，依通常的见解，至少是一句笑话。那么，他有研究而不肯说么？只看他那殷勤真挚的神情，见得这样想时就是罪过。他的确没有研究。研究云者，自己站在这东西的外面，而去爬剔、分析、检察这东西的意思。像弘一法师，他一心持律，一心念佛，再没有站到外面去的余裕。哪里能有研究呢？

我想，问他像他这样的生活，觉得达到了怎样一种境界，或者比较落实一点儿。然而健康的人不自觉健康，哀乐的当时也不能描状哀乐；境界又岂是说得出的。我就把这意思遣开；从侧面看弘一法师的长髯以及眼边细密的皱纹，出神久之。

饭后，他说约定了去见印光法师，谁愿意去可同去。印光法师这个名字知道得很久了,并且见过他的文抄,是现代净土宗的大师,自然也想见一见。同去者计七八人。

决定不坐人力车,弘一法师拔脚就走,我开始惊异他步履的轻捷。他的脚是赤着的,穿一双布缕缠成的行脚鞋。这是独特健康的象征啊,同行的一群人哪里有第二双这样的脚。

惭愧,我这年轻人常常落在他背后。我在他背后这样想:

他的行止笑语,真所谓纯任自然,使人永不能忘。然而在这背后却是极严谨的戒律。丏尊先生告诉我,他曾经叹息中国的律宗有待振起,可见他是持律极严的。他念佛,他过午不食,都为的持律。但持律而到达非由“外铄”的程度,人就只觉得他一切纯任自然了。

似乎他的心非常之安,躁忿全消,到处自得;似乎他以为这世间十分平和,十分安静,自己处身其间,甚而至于会把它淡忘。这因为他把所谓万象万事划开了一部分,而生活在留着的一部分内之故。这也是一种生活法,宗教家大概采用这种生活法。

他与我们差不多处在不同的两个世界。就如我,没有他的宗教的感情与信念,要过他那样的生活是不可能的。然而我自以为有点儿了解他,而且真诚地敬服他那种纯任自然的风度。哪一种生活法好呢?这是愚笨的无意义的问题。只有自己的生活法好,别的都不行,夸妄的人却常常这么想。友人某君曾说他不曾遇见一个人他愿意把自己的生活与这个人对调的,这是踌躇满志的话。人本来应当如此,否则浮漂浪荡,岂不像没舵之舟。然而某君又说尤其要紧的是同时得承认别人也未必愿意与我对调。这就与夸妄的人不同了;有这么一承认,非但不菲薄别人,并且致相当的尊敬。彼此因观感而潜移默化的事是有的。虽说各有其生活法，究竟不是不可破的坚壁；所谓圣贤者转移了什么什么人就是这么一回事。但是板着面孔专事菲薄别人的人决不能转移了谁。

到新闸太平寺，有人家借这里办丧事，乐工以为吊客来了，预备吹打起来。及见我们中间有一个和尚，而且问起的也是和尚，才知道误会，说道，“他们都是佛教里的。”

寺役去通报时，弘一法师从包袱里取出一件大袖僧衣来（他平时穿的，袖子与我们的长衫袖子一样），恭而敬之地穿上身，眉宇间异样地静穆。我是欢喜四处看望的，见寺役走进去的沿街的那个房间里，有个躯体硕大的和尚刚洗了脸，背部略微伛着，我想这一定就是了。果然，弘一法师头一个跨进去时，就对这位和尚屈膝拜伏，动作严谨且安详。我心里肃然。有些人以为弘一法师该是和尚里的浪漫派，看见这样可知完全不对。

印光法师的皮肤呈褐色，肌理颇粗，一望而知是北方人；头顶几乎全秃，发光亮；脑额很阔；浓眉底下一双眼睛这时虽不戴眼镜，却用戴了眼镜从眼镜上方射出眼光来的样子看人，嘴唇略微皱瘪，大概六十左右了。弘一法师与印光法师并肩而坐，正是绝好的对比，一个是水样的秀美，飘逸，一个是山样的浑朴，凝重。

弘一法师合掌恳请了，“几位居士都欢喜佛法，有曾经看了禅宗的语录的，今来见法师，请有所开示，慈悲，慈悲。”

对于这“慈悲，慈悲”，感到深长的趣味。

“嗯，看了语录。看了什么语录？”印光法师的声音带有神秘味。我想这话里或者就藏着机锋吧。没有人答应。弘一法师就指石岑先生，说这位先生看了语录的。

石岑先生因说也不专看哪几种语录，只曾从某先生研究过法相宗的义理。

这就开了印光法师的话源。他说学佛须要得实益,徒然嘴里说说,作几篇文字,没有道理;他说人眼前最紧要的事情是了生死,生死不了,非常危险;他说某先生只说自己才对,别人念佛就是迷信,真不应该。他说来声色有点儿严厉,间以呵喝。我想这触动他旧有的忿忿了。虽然不很清楚佛家的“我执”“法执”的函蕴是怎样,恐怕这样就有点儿近似。这使我未能满意。

弘一法师再作第二次恳请,希望于儒说佛法会通之点给我们开示。

印光法师说二者本一致,无非教人父慈子孝兄友弟恭等等。不过儒家说这是人的天职,人若不守天职就没有办法。佛家用因果来说,那就深奥得多。行善就有福,行恶就吃苦。人谁愿意吃苦呢?——他的话语很多,有零星的插话,有应验的故事,从其间可以窥见他的信仰与欢喜。他显然以传道者自任,故遇有机缘不惮尽力宣传;宣传家必有所执持又有所排抵,他自也不免。弘一法师可不同,他似乎春原上一株小树,毫不愧怍地欣欣向荣,却没有凌驾旁的卉木而上之的气概。

在佛徒中,这位老人的地位崇高极了,从他的文抄里,见有许多的信徒恳求他的指示,仿佛他就是往生净土的导引者。这想来由于他有很深的造诣,不过我们不清楚。但或者还有别一个原因。一般信徒觉得那个“佛”太渺远了,虽然一心皈依,总不免感到空虚;而印光法师却是眼睛看得见的,认他就是现世的“佛”,虔敬崇奉,亲接謦欬,这才觉得着实,满足了信仰的欲望。故可以说,印光法师乃是一般信徒用意想来装塑成功的偶像。

弘一法师第三次“慈悲,慈悲”地恳求时,是说这里有讲经义的书,可让居士们“请”几部回去。这个“请”字又有特别的味道。

房间的右角里，装钉作坊似的，线装、平装的书堆着不少：不禁想起外间纷纷飞散的那些宣传品。由另一位和尚分派，我分到黄智海演述的《阿弥陀经白话解释》，大圆居士说的《般若波罗蜜多心经口义》，李荣祥编的《印光法师嘉言录》三种。中间《阿弥陀经白话解释》最好，详明之至。

于是弘一法师又屈膝拜伏，辞别。印光法师颠着头，从不大敏捷的动作上显露他的老态。待我们都辞别了走出房间，弘一法师伸两手，郑重而轻捷地把两扇门拉上了。随即脱下那件大袖的僧衣，就人家停放在寺门内的包车上，方正平帖地把它折好包起来。

弘一法师就要回到江湾子恺先生的家里，石岑先生予同先生和我就向他告别。这位带有通常所谓仙气的和尚，将使我永远怀念了。

我们三个在电车站等车，滑稽地使用着“读后感”三个字，互诉对于这两位法师的感念。就是这一点，已足证我们不能为宗教家了，我想。

1927 年 10 月 8 日

# 我们的骄傲

我们四个四十五以上的人一路走着，谈着幼年同学时候的情形:某先生上理科,开头讲油菜,那十字形的小黄花的观察引起了大家对自然界的惊奇;某先生教体操,说明开步走必须用力在脚尖上,大家听了他的话,连平时走路也是一步一踢的了;为了让厨夫受窘,大家相约多吃一碗饭,结果饭桶空了,添饭的人围着饭桶大声叫唤,个个露出胜利的笑容;为了偷看《红楼梦》一类的小说,大家把学校发给的蜡烛省下来,到摇了熄灯铃,就点起蜡烛来,几个人头凑头地围在一起看,偶尔听到老鼠的响动,以为黄先生查寝室来了,急忙吹灭了蜡烛,伏在暗中连气也不敢透……

重庆市上横冲直撞的人力车以及突然窜过的汽车，对于我们只像淡淡的影子。后来我们拐了弯,走着下坡路,那难走的坡子也好像没有什么了。我们的心都沉没在回忆里,我们回到三十多年以前去了。

邹君拍着戈君的肩膀说:“还记得吗?那一回开恳亲会,你当众作文。来宾出了个题目,你匆忙之中看错了,写的文章牛头不对马嘴。散会之后,先生和同学都责备你,你直哭了半夜。”

戈君的两颊已经生满浓黑的短须,额上也有了好几条皱纹,这时候他脸上显出童稚的羞惭神情,回答邹君说:“你也哭了的,你当级长,带领我们往操场上运动,你要踢球,我们要赛跑。你因为大家不听你的号令,就哭到黄先生那儿去了。”

“黄先生并不顶严厉,可是大家怕他;怕他又不像老鼠见了猫似的,是真心地信服他。”孙君这么自言自语,似乎有意把话题引到别的方面去。

我就接着说:“他的一句话不只是一句话,还带着一股深入人心的力量,所以能叫人信服。我小时候常常陪父亲喝酒,有半斤的酒量,自从听了黄先生的修身课,说喝酒有种种害处,就立志不喝,一直继续了三年。在那三年里,真是一点一滴也没有沾唇。”

“教室里的讲话能在学生生活上发生影响,那是顶了不起的事。”当了十多年中学校长的孙君感叹地说。

我们这样谈着走着,不觉已到了黄先生借住的那所学校。由校工引导,走上坡子,绕过了两棵黄桷树,校工指着靠左的一间屋子,含胡地说了一句什么,就转身走了。我们敲那屋子的门。

门开了,“啊,你们四位,准时刻来了,”那声音沉着有力,跟我们小时候听惯的一模一样,“咱们多年不见了。你们四位,往常也难得见面吧?今天在这儿聚会,真是料想不到的事。”

我在上海跟黄先生遇见,还在十二三年以前,那十二三年的时间加在黄先生身上的痕迹,仅仅是一头白发,一脸纤细的皱纹。他的眼光依然那么敏锐有神,他的躯干依然那么挺拔,岂但跟十二三年前没有两样,简直可以说三十多年来没有丝毫改变。我这么想着,就问他一路跋涉该受了很多辛苦吧。

黄先生让我们坐了,就叙述这回辗转入川的经历。他说在广州遇到了八次空袭,有一次最危险了,落弹的地点就在两丈以外,他在浑忘生死的心境中体验到彻底的宁定。他说桂林的山好像盆景,一座一座地拔地而起,形状尽有奇怪的,可惜没有千岩万壑茫茫苍苍的气概,就只能引人赏玩,不足以移人神情了。他说在海棠溪小茶馆里躲避空袭,一班工人不知道利害,还在呼幺喝六地赌钱,他就给他们讲,叫他们非守秩序不可。

他说得很多,滔滔汩汩,有条理又有情趣,也跟三十多年前授课时候一个样儿。

等他的叙述告个段落,邹君就问他从家乡沦陷直到离开家乡的经过。

"我不能不离开了,"他的声音有些激昂,"我是将近六十的人了,不能像他们一样,糊湖涂涂的,没有一点儿操守。我宁肯挤在公路车里跑长途,几乎把肠子都震断;我宁肯伏在树林里避空袭,差不多把性命跟日本飞机打赌;我宁肯两手空空,跑到这儿来,做一个无业难民;我再不愿留在家乡了。"

听到这儿,我才注意那个房间。以前大概是阅报室或者学生自治会的会议室吧,一张长方桌子七八个凳子以外,就只有黄先生的一张床铺,床底下横放着一只破了两个角的柳条提箱;要是没有窗外繁密的竹枝,那个房间真太萧条了。

黄先生略微停顿了一下,就从家乡沦陷的时候说起。他说那时候他在乡间,办理收容难民的事,一百多家人家,男女老少一共四百多人,总算完全安顿停当了,他才回到城里。于是这个也来找他了,那个也来找他了,要他出来参加维持会。话都说得挺好听,家乡糜烂,不能不设法挽救啊,他不入地狱,谁入地狱啊,无非那一套。他的回答非常干脆,他说:“人各有志,不能相强。你们要这么做,我没有那种感化力量叫你们不这么做,可是我决不跟着你们这么做。”接着他愤慨地说:“这些人都是你们熟悉的,都是诗礼之家的人物,在临到考验的时候,他们的骨头却软了,酥了。我现在想,越是诗礼之家的人物,仿佛应着重庆人的一句话,越是‘要不得’!”

一霎间我好像看见了家乡那些熟悉的人的状貌,卑躬屈节,头都抬不起来,尴尬的笑脸对着敌人的枪刺。“在他们从小到大的教养之中,从来没有机会知道什么叫做民族吧。”我这么想着,觉得黄先生对于诗礼之家的人物的感慨是切当的。

黄先生又说拒绝了那些人的邀请以后,他们好像并不觉得没趣,还是时常跟他纠缠不清。县政府成立了,要请他当学务委员,薪水多少;省政府成立了,要请他当教育厅科长,薪水多少;原因是他以前当过省督学多年,全省六十多县的教育界人物,没有谁比他更熟悉的了。他为避免麻烦起见,就在上海一个教会女学校里担任两班国文;人家有职务在这儿,你们总不好意思再来拖三拉四的了。于是他到上海去,咬紧了牙对城门口的日本兵鞠躬,侧转了头让车站上的日本兵检验良民证。说到这儿,他掏出一个旧皮夹子,从里边取出一张纸来授给我们看,他说:“他们一定想看看这东西。这东西上贴得有照片,我算是米店的掌柜,到上海办米去的。你们看,还像吗?”

我们四个传观之后,良民证回到黄先生手里,黄先生又授给孙君说:“送给你吧。你拿到学校里去,也可以叫你的学生知道,现在正有不知多少同胞在忍辱受屈，让敌人在身上打着耻辱的戳记！”

孙君接了，珍重地放进衣袋里。黄先生又说他到了上海以后,半年中间,教书很愉快,那些女学生不但用心听课,还知道现在是个非常严重的时代,一个人必须在书本子以外懂些什么,做些什么。但是,在两个月之前,纠缠又来了,上海的什么政府送来了一份聘书,请他当教育方面的委员,没有特定的事务,只要在开会的时候出几回席,尽不妨兼任,月薪两百元。事前不经过商谈,突然送来了聘书,显而易见的,那意思是你识抬举便罢,要是说半个不字,哼,那可不行!

“我不能不走了。我回想光绪末年的时候,一壁办学校,一壁捧着教育学心理学的书本子死啃,穷,辛苦,都不当一回事,原来认定教育是一种神圣的事业,它的前程展开着一个美善的境界。后来我总是不肯脱离教育界,缘故也就在此。我怎么能借了教育的名义,去叫人家当顺民当奴隶呢！我筹措了两百块钱,也不通知家里人,就跨上了开往香港的轮船。”

“我们有黄先生这样一位老师,是我们的骄傲！”戈君激动地说着,讷讷然的,说得不很清楚。

我心里想,戈君的话正是我要说的。再看黄先生,他那敏锐的眼光普遍注射到我们四个,脸上现出一种感慰的神情。他大概在想我们四个都知道自好,能够做点儿正当事情,还不愧为他的学生吧。

1944 年

# 胡愈之先生的长处

胡愈之先生是我们《中学生杂志》的老朋友,从《中学生杂志》创刊到复刊,他一直给我们许多帮助,不但为我们写文字,还帮我们出主意,定规划。如今的新读者也许不很知道胡先生其人,可是从五年之前起往上溯,那时候的读者一定知道他。假如那时候的读者在《中学生杂志》以外还看旁的杂志,接触他的文字更多,那就不但知道他,并将永远的记住他了。

今年得到消息,说胡先生在南洋某地病故了。朋友们听了,都感到异样的怅惘,与他作朋友很少会是泛泛之交的。消息极简略,可是据说十之八九可靠。我们真个失掉了这位老朋友吗?于是大家作些文字来纪念他,汇刊在这儿,成个特辑。万一的希冀是海外东坡,死讯误传。如果我们有那么个幸运,等到与他重行晤面,这个特辑就是所谓"一死一生,乃见交情"的凭证,也颇有意义。

我不想在这儿说我与胡先生的私交,因为这在一般读者看来,没有多大关系。我只想说胡先生的自学精神。他没有在中学毕业,从职业中学习,从生活中学习,始终不懈,结果既博且通,为多数正途出身的人所不及。我们经常标榜自学,也许有人以为徒然说得好听,难收真实效果。但是我们可以坚决的说绝对不然,胡先生就是个最可凭信的实例。

我只想说胡先生的组织能力。他创设了许多团体,计划了许多杂志与书刊,理想不嫌其高远,而步骤务求其切实。他善于识别朋友的长处,加以运用与鼓励,使朋友人人尽其所长,把团体组织得很好,把杂志书刊办得很好。这种能力,在现代社会中是极端需要的,却又是一般人所极端缺乏的。章程议定,计划通过,招牌挂起,下文就没有了,是我们常见的事。但是我们深切的知道,要真个干一些事,非有胡先生那样的组织能力不可。

我只想说胡先生的博爱思想。我想这或许是从他学习世界语种下根的。世界语原来不仅是一种工具,其中还蕴蓄着人类爱的精神。后来他入世更深,知道普遍的人类爱还是未来的事,在当前,有所爱就不能不有所憎,爱的方面越真切,憎的方面也越深刻,深刻的憎正所以表现真切的爱,而表现的方式不限于用口用笔,尤其紧要的是用行为。在后半截的生涯中,他奔走各地,栖栖皇皇,计划这个,讨论那个,究竟何所为呢?为名吗?为利吗?都不是。无非实做“有所为”三个字而已。为什么要“有所为”?本于他那种博爱思想,只觉得非“有所为”不可而已。

我只想说胡先生的友爱情谊。这与前一点是关联的。朋友之可贵,不在聚集在一起吃点儿,喝点儿。一个人既要“有所为”,他知道无论什么事决不是独个儿办得了的,必须与他人通力合作才成,那时候朋友就像自己的性命一样,友爱情谊自然而然深挚起来。近来有几位朋友与我谈起,朋辈之中,胡先生最笃于友谊,他关顾朋友甚于关顾他自己。在感叹家说起来,这是“古道”,如今不可多得了。其实这也是“新道”,惟有不“古”不“新”的人物,才以为友谊是无足轻重的。

以上说了四点,自学精神,组织能力,博爱思想,友爱情谊,是胡先生的长处,我们一班朋友所公认的。关于这四点,都没有叙及具体事实,因为几位朋友的文字中都有叙及,不必重复了。

在纪念人物的文字中,有句老调,“我们要学某人的什么什么”。我不想学这句老调。我以为看了几篇纪念文字就会“学”起某人来,没有这么简单,“学”的因素很多,种种因素具备了才得完成个“学”字。不过,看了几篇纪念文字,在思想行为上发生或多或少的影响,如茅盾先生说的,受了那人物的感召力,是可能的。现在我们纪念胡先生,一位可敬的朋友,写了几篇纪念文字,这几篇文字如果能在读者的思想行为上发生若干影响,那就不是浪费笔墨,我们对于胡先生的怀念也可以稍稍发抒了。

在本志复刊后第十八期中,登过胡先生的一篇《论进步与后退》,现在在本期重印一次,让读者们再与他接触一回,听听他那非进步不可的论调。

1945 年

# 略谈雁冰兄的文学工作

我与雁冰兄初次会面，记不清是民国九年还是十年，总之在“文学研究会”成立，《小说月报》革新之后。列名发起“文学研究会”，经常投稿《小说月报》，都由郑振铎兄来信接头。那时振铎兄在北京，彼此也没有会过面，他见我在《新潮》上登载几篇小说，就通起信来了。《小说月报》革新号印出来，我的一篇小说蒙雁冰兄加上几句按语，表示奖赞，我看了真有受宠若惊之感。到了上海，就到他鸿兴坊的寓所去访问他。第一个印象是他精密和广博，我自己与他比，太粗略了，太狭窄了。直到现在，每次与他晤面，仍然觉得如此。那时还遇见他的弟弟泽民，一位强毅英挺的青年。振铎兄已经从北京到上海来了。我们同游半淞园，照了相片。后来商量印行《文学研究会丛书》，拟订目录，各国的文学名著由他们几位提出来，这也要翻，那也要翻，我才知道那些名著的名称。

雁冰兄是自学成功的人。他在商务印书馆任事，编译工作不仅是他的职业,也是他磨练自己的课程。在主办《小说月报》以前,已经有好些著译问世了。那时候似乎还不大有人注意世界文艺思潮,杂志上的一些译品,以及成本的翻译小说,无非像苏州人所说"拉在篮里就是菜",碰到什么就翻什么。雁冰兄却专心阅读外国的文艺书报,注意思潮与流派,又运用他的精审识力,选择内容与风格都有特点的那些小说翻出来, 后来编成的集子如《雪人》《桃园》等,大家认为是最好的选集。他把许多书堆在床头,纸笔也常备,半夜醒来,想起些什么,就捻亮了电灯阅读,阅读有所得,惟恐遗忘,赶紧写在纸片上。当时我闻知他有这样的习惯,非常钦服,我是从来没有这样勤奋的。

《小说月报》的革新是极有意义的事。这种杂志记得创刊在宣统年间,原只是供人消闲的东西。后来恽铁樵先生接办,要在小说之中讲求古文义法,未免矫枉过正。恽先生办了几年,不知道为什么, 又由先前的编者王莼农先生接办, 恢复了以前的格调。但是"五四"运动起来了,喊出了"新文学"的名称。就粗处说,新文学好像等于白话文学,其实不尽然,除了使用白话以外,大家心目中还有一个朦胧的影像,要求一种骨子里全新的文学。于是雁冰兄接办《小说月报》了,理论与作品并重,对于文学,认认真真做一番启蒙工作。在以前,梁任公先生以及其他几位也出过小说杂志,用意也在启蒙,然而他们的观点太切近功利,刊载的作品又是谴责性质的居多,反而把文学的功能缩小了。我不说革新以后的《小说月报》怎样了不起,我只说自从《小说月报》革新以后,我国才有正式的文学杂志,而《小说月报》革新是雁冰兄的劳绩。

雁冰兄起初不写小说,直到从武汉回上海以后,才开始写他的《幻灭》。其时《小说月报》由振铎兄编辑，振铎兄往欧洲游历去了，我代替他的职务。我说，让我试试。虽说试试，答应下来就真个动手。不久《幻灭》的第一部分交来了。登载出来，引起了读者界的普遍注意，大家要打听这位“茅盾”究竟是谁。徐志摩先生曾经问我，“《幻灭》是你的东西吧？”我摇摇头，“我哪里写得出这样的东西。”他不再问究竟是谁了，我想他一定厌我不肯坦白告诉他。雁冰兄在第一份原稿上署名“矛盾”，他自有他的意思。可是《百家姓》中没有矛姓，把“矛”字改写成“茅”字，算是姓茅名盾，似乎好些，这是我的意思。与他商量，他不反对，就此写定了。谁知道后来有少数人以为“茅盾”是“矛盾”的正写，在用到“矛盾”的地方有意把“矛”字写成“茅”字，这贻误的责任应该由我负担。

《幻灭》之后接写《动摇》，《动摇》之后接写《追求》，不说他的精力弥满，单说他扩大写述的范围，也就可以大书特书。在他三部曲以前，小说哪有写那样大场面的，镜头也很少对准他所涉及的那些境域。我很荣幸，有读他三部曲的原稿的优先权，又一章一章的替他校对，把原搞排成书页。那时我与他是贴邻，他的居室在楼上，窗帷半掩，人声静悄，入夜电灯罩映出绿光，往往到深更还未捻灭。我望着他的窗口，想到他的写作，想到他的心情，起一种描摩不来的感念。如今回想起来，那种感念依然如新，但是时间相距已经十七八年了。

他作小说一向是先定计划的，计划不只藏在胸中，还要写在纸上，写在纸上的不只是个简单的纲要，竟是细磨细琢的详尽的纪录。据我的记忆，他这种工夫，在写《子夜》的时候用得最多。我有这么个印象，他写《子夜》是兼具文艺家写作品与科学家写论文的精神的。近来他写《霜叶红似二月花》与《走上岗位》，想来仍然是这样。对于极端相信那可恃而未必可恃的天才的人们,他的态度该是个可取的模式。

最近问起他《霜叶红似二月花》的后文如何,他告诉我还没有写下去。我心里想,《霜叶红似二月花》缓些也无妨,按照他以前写三部曲的先例,在这个时日,他有更急于要写的题目,大家在等待写那种题目的作品,而他正是适于写那种题目的作者。可是我没有把这个意思说出来,我知道说了出来他将怎样回答我。然而,那种沉闷的天气会长久吗?“争自由的波浪”终将掀动整个海洋。今年雁冰兄五十岁,算它十年,到他六十岁的时候,他的纪念碑式的作品必然写了起来而且完篇了。我们等着吧。

1945 年

# 驾　长

白木船上的驾长就等于轮船上的大副,他掌着舵。

一个晚上,我们船上的驾长喝醉了。他年纪快五十,喝醉了就唠唠叨叨有说不完的话。那天船歇在云阳,第二天要过好几个滩。他说推桡子的不肯卖力,前几天过滩,船在水面打了个转,这不是好耍的。他说性命是各人的,他负不了这个责。当时就有个推桡子的顶他,"'行船千里,掌舵一人',你舵没有把稳,叫我们推横桡的怎么办!"

在大家看来,驾长是船上顶重要的人物。我们雇木船的时候,担心到船身牢实不牢实。船老板说:"船不要紧,人要紧。只要请的人对头,再烂的船也能搞下去。"他说的"人"大一半儿指的驾长。船从码头开出,船老板就把他的一份财产全部交给驾长了,要是他跟着船下去,连他的性命也交给了驾长。乘客们呢?得空跟驾长聊几句,晚上请他喝几杯大曲。"巴望他好好儿把我们送回去吧,好好儿把我们送回去吧。"

舵在后舱,一船的伙计就只有驾长在后舱做活路。我们见着驾长的时候最多,对于驾长做的活路比较熟悉。一清早,我们听驾长爬过官舱的顶篷到后舱的顶篷, 一手把后舱的一张顶篷揭起,一片亮就透进舱来。我们看他把后舱的顶篷全收了,拿起那块长长的蹬板搁在两边舱壁上,一脚蹬上去,手把住舵。于是前面的桡夫就下篙子,船撑开了。

驾长那么高高的站在蹬板上,头露出在顶篷外,舵把子捏在手里,眼睛望着前面。我们觉得这条船仿佛是一匹马,一匹能够随意驰骋的马,而驾长是骑手。你要说这是个很美的比喻吧?可是,他掌着舵只是做活路,没有大野驰马的豪兴。我们同行有两条船,两条船上的驾长都喝酒。我们船上的年纪大多了,力气差些,到滩上,他多半在蹬板上跺脚,连声喊:“扳重点! 扳重点! ……就跟搔痒一样! ”有一回,舵把子打手里滑脱了,亏得旁边几个乘客帮他扳住。他重新抓住舵把子的时候,笑了笑说:“好几个百斤重呢,不是说着耍的。”另一条船上的年轻人什么时候都喝酒,他夸张地摆给我们听:“不喝酒可有点儿害怕呢。脚底下水那么凶,不说假的,你们看到就站不住。喝点酒,要放心些。”我们的驾长就不然,做活路的时候他决不喝酒。这不是说他比那年轻人胆大,对于可怕的水他们两个抱着不同的害怕态度。

木船上禁忌很多, 好些话不能说。偏偏那些话关于航行的多,我们时常会不知不觉地说出来。推桡子的听见了,会朝我们说:“说不得,说不得。”驾长听见了,会老大的不高兴,好像我们故意在跟他捣蛋。是的,人家把性命财产交给了他,他把这个责任跟他自己的性命一半儿交给了“经验”,还有一半儿呢,不知道交给什么,也许就是交给那些禁忌吧。船上的伙计们说:“船开动了头,就不消问哪天到哪里。这是天的事,你还做得到主啊?”

川江的水凶,水太急的地方,单凭一把舵转不过弯来。所以船头上还有一根梢子,在要紧时候好帮帮舵的忙。扳梢子的大家也把他叫做驾长。到滩上,他总站在船头比手势,给掌舵的指明水路,好像是轮船上的领江。他拿到工钱跟掌舵的一样。

1981 年 10 月 14 日修改

# 夏丏尊先生逝世

我们要告诉读者诸君一个哀痛的消息，夏丏尊先生在上月二十三日下午九点三刻逝世了。他害了肺病，一直没有注意，不知道染上了多久。发觉害病在去年夏秋之交，休养了一些日子，到胜利消息传来的时候，已经好起来，当夜的过度兴奋使他没有睡觉。再度发病在今年一月间，起初是不能出门，后来就不能离床，延续三个月，终于不治而死。他享年六十一岁。

本志在十九年创刊，夏先生是创刊当时的主编人。他与我们一班朋友不办旁的杂志，却办《中学生》，老实说，由于我们不满意当前的学校教育。学生在学校里，应该名副其实的受教育，可是看看实际情形，学生只得到些僵化的知识。僵化的知识可以作生活的点缀品，这也懂得一些，那也懂得一些，就可以摆起知识分子的架子来，但是，僵化的知识不能化为好习惯，在生活上终身受用。夏先生写过一篇《受教育与受教材》，阐明的就是这层意思。我们想，尽我们的微力，或许对于学生界有些帮助吧，于是办起《中学生》来。我们自知所知所能都很有限，不敢处于施与者的地位，双手捧出一套东西来，待读者诸君全盘承受。我们只能与读者诸君处于同等地位，彼此商商量量，共学互勉，就在这中间受到一些名副其实的教育。我们说“帮助”，意思就在于此。这个作风是夏先生开创的，后来杂志虽然不归他编了，作风可没有改变。现在夏先生离开我们了，我们自然要继承他的遗志，凭本志给学生界一些帮助，永远不改变。

在目前的读者诸君中，认识夏先生的想来不多。但是，由于本志，由于他所著译的《平屋杂文》《爱的教育》等书，由于他参加创办的开明书店，心目中有个夏先生在的，为数一定不少。现在我们宣布夏先生逝世的消息，诸君该会恻然伤神，悼念这位神交的朋友。在这儿，容我们叙述关于夏先生的几点，供诸君悼念他的时候参考。

夏先生幼年在家塾读书，学作八股文，十六岁上考取了秀才。十七岁开始受新式教育，考进上海的中西学院，只读了一学期。十八岁进绍兴府学堂，也只读了一学期。后来往日本留学，先进宏文学院普通科。没等到毕业，考进东京高等工业学校。不到一年，就因费用不给回国，开始当教员，那时他二十一岁。他受学校教育的时期非常之短，没有在什么学校毕过业，没有领过一张毕业文凭。他对于社会人生的看法，对于立身处世的态度，对于学术思想的理解，对于文学艺术的鉴赏，都是从读书、交朋友、面对现实得来的，换一句说，都是从自学得来的。他没有创立系统的学说，没有建立伟大的功业，可是，他正直的过了一辈子，识与不识的人一致承认他有独立不倚的人格。自学能够达到这个地步，也就是大大的成功了。如果有怀疑自学的人，我们要郑重的告诉他,请看夏先生的榜样。

夏先生当教师，没有什么特别的秘诀，用两句话就可以概括:对学生诚恳,对教务认真。人生在世,举措有种种,方式也有种种,可是扼要说来,不外乎对人对事两项。对学生诚恳,对教务认真，在教师的立场上，可以说已经抓住了对人对事两项的要点。所以他的许多学生虽然已届中年,没有不感到永远乐于与他亲近的。分处两地的写信给他,同在一地的时常去看望他,与他谈论或大或小的事,向他表示种种的关切。偶尔有几个见解与他违异,或者因为行为不检,思想谬误,受过他当面或背后的指斥,他们仍然真心的爱他,口头心头总是恭敬的叫他“夏先生”。在他殡殓的那一天，他的一位学生朱苏典先生走进殡仪馆就含着眼泪,眼圈红红的,直到遗体入殓,没有能抑制他的悲戚。朱先生五十光景了,已经留须,牙齿也有脱落,看见这么一位老学生伤悼他的老师,真令人感动,同时觉得必须是这样的老师才不愧为老师。目前的教育要彻底改革,已经毫无疑问,可是教育无论如何改革,总得通过教师才会见实效。我们期望像夏先生那样的教师逐渐多起来，配合着今后政治经济种种的改革，守住教育的岗位,对学生诚恳,对教务认真。

上月二十二日上午,距离夏先生逝世三十四小时半,夏先生朝社友叶圣陶说了如下的话:“胜利，到底啥人胜利——无从说起！”说这话以前,他已曾昏迷过好几回,说这话的时候却是清醒的,病容上那副悲天悯人的神色,令人永远不忘。胜利消息传来的那一夜他兴奋得睡不成觉，在八个月之后，在他逝世的前一天,却勉力挣扎说出这样的话来,可见几个月来他的伤痛很深。他那伤痛不是他个人的,是我国全体老百姓的,老百姓经历了耳闻目睹以及身受的种种,谁不伤痛,谁不想问一声"胜利,到底啥人胜利?"自私自利的那批家伙太可恶了,他们攘夺了老百姓的胜利,以致应分得到胜利的老百姓得不到胜利。但是我们要虔敬的回答夏先生,胜利终会属于老百姓的,这是事势之必然。老百姓要生活,要好好的生活,要物质上精神上都够得上标准的生活,非胜利不可。胜利不到手,非努力争取不可。努力复努力,争取复争取,最后胜利属于老百姓。夏先生,你安心的休息吧,待你五年祭十年祭的时候,我们将告诉你老百姓已经得到了胜利的消息。

1946 年 5 月

# 朱佩弦先生

本志的一位老朋友，也是读者们熟悉的一位老朋友，朱佩弦（自清）先生，于八月十二日去世了。认识他的人都很感伤，不认识他可是读过他的文字，或者仅仅读过他那篇《背影》的人也必然感到惋惜。现在我们来谈谈朱先生。

他是国立清华大学的教授，任职已经二十多年。以前在浙江省好几个中学当教师，也在吴淞中国公学中学部教过书。他毕了北京大学的业就当教师，一直没有间断。担任的功课是国文和本国文学。他的病拖了十五年左右。工作繁忙，处事又认真，经济不宽裕，又遇到八年的抗战，不能好好治疗，休养。早经医生诊断，他的病是十二指肠溃疡，应当开割。但是也有医生说可以不开割，他就只服些药品了事。本年八月六日病又大发作，痛不可当，才往北大医院开割。大概是身体太亏了，几次消息传来，都说还在危险期中。延了六天，就去世了。他今年五十一岁。

他是个尽职的胜任的国文教师和文学教师。教师有所谓“预备”的工夫,他是一向做这个工夫的。不论教材的难易深浅,授课以前总要揣摩,把必须给学生解释或揭示的记下来。一课完毕,往往满头是汗,连擦不止。看他的神色,如果表现出舒适愉快,这一课是教得满意了,如果有点儿紧张,眉头皱紧,就可以知道他这一课教得不怎么惬意。他教导学生采取一种平凡不过也切实不过的见解:欣赏跟领受着根在了解跟分析,不了解,不分析,无所谓欣赏跟领受。了解跟分析的基础在语言文字方面,因为我们跟作者接触凭借语言文字,而且单只凭借语言文字。一个字的含胡,一句话的不求甚解,全是了解跟分析的障碍。打通了语言文字,这才可以触及作者的心,知道作者的心意中为什么起这样的波澜,写成这样的一篇文字或一本书。这时候,说欣赏也好,说领受也好,总之把作者的东西消化了,化为自身的血肉,生活上的补益品了。他多年来在语文教学方面用力,实践而外,又写了不少文篇,主要的宗旨无非如此。我们想,这是值得青年朋友注意的。好文字好作品拿在手里,如果没有办法对付它,好只好在它那里,与我全不相干。意识跟观点等等固然重要,可是不通过语言文字的关,就没法彻底分析意识跟观点等等。不要以为语言文字只是枝节,要知道离开了这些枝节就没有另外的什么大本。

他是个不断求知不惮请教的人。到一处地方,无论风俗人情,事态物理,都像孔子入了太庙似的“每事问”,有时使旁边的人觉得他问得有点儿土气,不漂亮。其实这样想的人未免“故步自封”。不明白,不懂得,心里可真愿意明白,懂得,请教人家又有什么难为情的?在文学研究方面,这种精神使他经常接触书刊论文,经常阅读新出的作品,不但理解这些,而且与这些同其呼吸。依一般见解说,身为大学教授,自己当然有已经形成的一套,就把这一套传授给弟子，那是分内的事。很有些教授就是这么做的,大家也认为他们是行所当然。可是朱先生不然,他教育青年们,也随时受青年们的教育。单就他对于新体诗的见解而言,他历年来关心新体诗的发展,认明新体诗的今后的方向,是受着一班青年诗人的教育的,他的那些论诗的文字就是证据。但是,同样在大学里当教授的,以及在中学里当教师时,以及非教师的知识分子,很有说新体诗“算什么东西”的,简直认为胡闹。若不是朱先生的识力太幼稚短浅,就该是那些人太不理会时代的脉搏了。

他待人接物极诚恳,与他做朋友的没有不爱他,分别时深切地相思,会面时亲密地晤叙,不必细说。他在中学任教的时候就与学生亲近,并不是为了什么作用去拉拢学生,是他的教学和态度使学生自然乐意亲近他,与他谈话和玩儿。这也很寻常,所谓教育原不限于教几本书讲几篇文章。不知道什么缘故,我国的教育偏偏有些别扭,教师跟学生俨然像压迫者跟被压迫者,这才见得亲近学生的教师有点儿稀罕,说他好的认为难能可贵,说他坏的就不免说也许别有用心了。他在大学里还是如此，学生是朋友,他哪里肯疏远朋友呢？可是他决不是到处随和的好好先生,他督责功课是严的,没有理由的要求是决不答应的,当过他的学生的都可以作证明。学生对于好好先生当然不至于有什么恶感,可也不会有太多的好感,尤其不会由敬而生爱。像朱先生那样的教师,实践了古人所说的“教学相长”,有亲切的友谊,又有坚强的责任感,这才自然而然成为学生敬爱的对象。据报纸所载的北平电讯说,他入殓的当儿,在场的学生都哭了。哭当然由于哀伤,而在送死的时候这么哀伤,不是由于平日的敬爱已深吗？

他作文,作诗,编书,都极其用心,下笔不怎么快,有点儿矜持。非自以为心安理得的意见决不乱写。不惮烦劳地翻检有关的资料。文稿发了出去,发见有些小节目要改动,乃至一个字还欠妥,总要特地写封信去,把它改了过来才满意。他早期的散文如《匆匆》《荷塘月色》《桨声灯影里的秦淮河》都有点儿做作,过于注重修辞,见得不怎么自然。到了写《欧游杂记》《伦敦杂记》的时候就不然了,全写口语,从口语中提取有效的表现方式,虽然有时候还带一些文言成分,但是念起来上口、有现代口语的韵味,叫人觉得这是现代人说的话,不是不尴不尬的“白话文”。当世作者的文字,多数是不尴不尬的“白话文”,面貌像说话,可是决没有一个人真会说那样的话。还有些文字全从文言而来,把“之乎者也”换成“的了吗呢”,格调跟腔拍却是文言。照我们想,现代语跟文言是两回事,不写口语便罢,要写口语就得写真正的口语。自然,口语还得问什么人的口语,各种人的生活经验不同,口语也就两样。朱先生写的只是知识分子的口语,念给劳苦大众听未必了然。但是,像朱先生那样切于求知,乐意亲近他人,对于语言又有高度的敏感,他如果生活在劳苦大众中间,我们料想他必然也能写劳苦大众的口语。话不要说远了。近年来他的文字越见得周密妥贴,可又极其平淡质朴,读下去真个像跟他面对面坐着,听他亲切的谈话。现在大学里如果开现代本国文学的课程,或者有人编现代本国文学史,论到文体的完美,文字的全写口语,朱先生该是首先提到的。他早年作新体诗不少,后来不大作了,可是一直关心新体诗,时常写关于新体诗的文字,那些文字也是研究现代本国文学的重要资料。他也作旧体诗, 只写给朋友们看看,发表的很少。旧体诗的形式限制了内容,一作旧体诗,思想感情就不免跟古人接近,跟现代人疏远。作旧体诗自己消遣,原也没有什么,发表给大家看,那就不足为训了。

他的著作已经出版的记在这里。散文有《踪迹》的第二辑(亚东版,第一辑是新体诗)、《背影》、《欧游杂记》、《伦敦杂记》(开明版)、《你我》(商务版)五种。新体诗除了《踪迹》的第一辑,又有《雪朝》里的一辑(《雪朝》是八个人的诗集,每人一辑,商务版)。文学论文集有《诗言志辨》(开明版),大意说我国的文学批评开始于论诗,论诗的纲领是"诗教"跟"诗言志",这一直影响着历代的文学批评,化为种种意见跟理论。谈文学的文集有《标准与尺度》(文光版)跟《论雅俗共赏》(观察版)两种,都是近年来的作品,用他自己的话说,他"企图从现代的立场上来了解传统","所谓现代的立场,按我的了解,可以说就是'雅俗共赏'的立场,也可以说是偏重俗人或常人的立场,也可以说是近于人民的立场。"(《论雅俗共赏》序文中的话)从这中间可以见到他日进不已的精神。又有《语文零拾》(名山版)一种。《新诗杂话》(作家版)专收论诗之作,谈新体诗的倾向跟前途,也谈国外的诗。《经典常谈》(文光版)介绍我国四部要籍,采用最新最可靠的结论,深入而浅出,对于古典教学极有用处。论国文教学的文字收入《国文教学》(开明版,与圣陶的同类文字合在一块儿)。又有《精读指导举隅》《略读指导举隅》(商务版,与圣陶合作),这两本书类似"教案",希望同行举一而反三。他编的东西有《新文学大系》中的诗选一册(良友版)。去年的大工程是编辑《闻一多全集》(开明版)。今年与吕叔湘先生和圣陶合编《开明高级国文读本》《开明文言读本》,预定各编六册,编到第二册的半中间,他就与他的同伴分手了。

看前面开列的,可知他毕生尽力的不出国文跟文学,他在学校里教的也是这些。“思不出其位”,一点一滴地做去,直到他倒下,从这里可以见到一个完美的人格。

1948 年 9 月

# 回忆瞿秋白先生

认识秋白先生大约在民国十一二年间，常在振铎兄的寓所里碰见。谈锋很健，方面很广，常有精辟的见解。我默默地坐在旁边听，领受新知异闻着实不少。他的身子不怎么好，瘦瘦的胳膊，细细的腰身，一望而知是肺病的型式。可是他似乎不甚措意这个。曾经到他顺泰里的寓所去过，看见桌上“拍勒托”跟白兰地的瓶子并排摆着，谈得有劲就斟一杯白兰地。

他离开了上海就没有再见着他，只从报上知道他的消息。后来他给《中学生》写过稿子，篇名现在记不起了，是从朋友手里辗转递来的，不知道他是不是秘密地住在上海。那稿子好像是斥责托洛斯基的。最后知道他被捕了，被杀了。直到今年碰见之华，之华告诉我秋白先生有一些材料，遗嘱说可以交给我，由我作小说。之华没有说明是什么样的材料，我也没有追问。我自己知道我作小说是不成的，先前胆大妄为，后来稍稍懂得其中的甘苦，就觉得见识跟功夫都够不上，再不敢胡乱欺人。因而听见有一些材料的话,也引不起姑且来试试的野心。

鲁迅先生编辑秋白先生的《海上述林》是大可令人感动的。搜辑,编排,校对,装帧,一丝不苟,事事躬亲,这中间贯彻着超过寻常友谊的崇高精神。朋友们分到一部,读了秋白先生的大部分述作,也感染了这种崇高精神。鲁迅先生写赠秋白先生的集句对联道:“人生得一知己足矣,斯世当以同怀视之”。这副对联挂在许广平先生上海寓所的客室里。每一次抬头观玩,就觉得他们两位精心研讨,惟愿文化普及而且提高的情景如在目前,自然使人志愿奋发,不敢贪懒。——可惜我的一部《海上述林》在抗战期间给人拿走了。

《乱弹及其他》还是最近才借到的,翻过一下,没有细看,这中间谈到拼音文字的问题,写作上运用语言的问题。中国文字拉丁化的字母是秋白先生选定的。写作上运用的语言,在白话文运动当时没有详细研讨,大家各随其便,保持文言的语汇跟句式,仿效欧洲的语汇跟句式,只不过换上些“的了吗呢”,结果成了一种能看而不便说不便听的语言,跟文言一样。没有想到改革应该改换个源头,文言的源头在目,改换过来就得在口在耳,才能够切合当前的生活,表达现代的心声。到如今,不满意白话文的人多起来了,要写俗话,要写工农大众的语言。如果推究关心这个问题谁最早,就要数秋白先生了。

他的全集必须好好的编,分类要分得精密,排次要按时期先后,校对要像鲁迅先生那样认真,还要有翔实的传记或者年谱。

# 佩弦周年祭

佩弦,你为什么不迟死半年?如果你迟死半年,就可以亲眼看见北平的解放。那时候你的激动跟欢喜一定不比青年人差,你会和着他们的调子歌唱,你会效学他们的姿态扭秧歌。在解放军入城的那一天,你会半夜里睡不着觉,匆匆忙忙的起来,赶赶紧紧的穿好衣服,参加在欢迎队伍里,从西郊跑进城,在城里四周游行,一整天不嫌疲劳,只觉得新生的愉快没法尽情表现,像张奚若先生那样。你为什么不迟死半年?

佩弦,你为什么不迟死八个月?如果你迟死八个月,我就可以在北平跟你会面。按照你"每事问"的老脾气,你一定急于问我一路上看见的情形。我就要告诉你,在山东走了十多天,看见了真个站起来了的人民,看见了真个作"义战"的军队,看见了真个当"公仆"的官吏。这些人都是全新的,以往历史上绝对没有过。这由于全部人民解放事业就是个范围非常之广的教育课程,从实际出发,以新哲学为指导原理,土生土长,实事求是;大家在这个课程中自我教育，相互教育，才把品质改得那么好，提得那么高。你一定乐于听这些话，还要问这个，谈那个，一连几个钟头不厌不倦。你为什么不迟死八个月？

佩弦，你为什么不迟死十年二十年？如果你迟死十年二十年，不说别的，单说大学中文系方面，你一定可以有你的一份特殊贡献。要批判的接受文学遗产，你的精密的分析跟还原的检察都是必要的基础。你在这上头做了多年的功夫，已经有好些成绩，再加上生活跟思想从现实方面受来的影响，一定会越来越精深。我国向来没有一部像样的文学史，从现在的观点说，文学史更要另起炉灶。你有充分的学力，加上不断长进的识力，有资格写一部全新的文学史。你为什么不迟死十年二十年？

佩弦，你末了儿一次参加座谈会的谈话使我永远不忘。你说你乐意改变自己，可是得慢慢儿来。我自以为能够料知你的心意。你大概是这么想的：大家嚷改变就跟着嚷，这是容易不过的事儿，但是跟实际没有多大关系。生活跟思想既然成了习惯，要去掉那些不良的成分，取得那些优良的成分，就得养成新习惯。新习惯的养成是一点一滴的，是实践的，不是说说想想的，不能不慢慢儿来。惟有慢慢儿来，所谓改变才能在身上生根，才能使自己真个受用。你其实早已在那里慢慢儿来，你的行谊跟著作都可以证明。痛心的是你说了这句慢慢儿来的话之后，再不容你慢慢儿来了！

佩弦，我到了你清华寓所的书房里。嫂夫人说所有陈设一点儿没有动。我登门不遇永不回来的主人，心里一阵酸，可是忍住了眼泪。后来北大十几位朋友邀我们小叙，我喝多了白干，不记得怎么谈起了你，就放声而哭，自己不能控制。为你，就哭了这么一次。我还没有去万安公墓,秋凉时候总得去看一看。

1949 年

# 悼剑三

上月三十日傍晚,人民日报社的同志打电话给我,说王统照先生病故了,我听了异常怅惘。今年人代大会开第四次会议,剑三(我们一班朋友习惯称王先生的字)一到北京就旧病复发,入北京医院治疗。他托人送来一本题字的册子,要好些老朋友在上面写些什么,留作纪念。我写了一首旧作的诗,就把册子转给振铎先生。当时老想去探望他,始终没去成,现在是后悔也来不及了。

将近四十年的交情,虽然叙首的时候不多,可是彼此相知以心。好几年不见一回面,不通一回信,都无所谓。只是相互相信,你也有所为,有所不为,我也有所为,有所不为,这就尽够了。待见面或者通信的时候,谈这么两三个钟头,写这么两三张信笺,又证实了彼此的相信,于是欢喜超乎寻常,各自以为尝到了友情的最好的味道。是这样的一位朋友,现在他去了,永远不回来了,再不能跟他通消息了,哪得不异常怅惘?

用抽象的词语说，剑三朴实，诚挚，向往光明，严明爱憎，解放以后热爱新社会，尽力他所担任的工作，个己方面无所求，所求的只在群众的福利和社会的繁荣。我不说他改造已经到了家，达到了脱胎换骨的境界，只说他从旧教养中得来的积极因素保持得相当多，为己为私的习染非常少，六十岁的年纪也不算大，要是体质强健些，能够多活十年八年，那末他是不难达到新社会所要求于知识分子的标准的。一九五四年的秋季，我在上海遇见他，他到上海为的是华东戏剧会演，几乎是抱病而往。看戏，参加讨论，他都不肯放松。看他气嘘嘘的，走十几级扶梯也觉得吃力，劝他多多休息，他可说会演的事儿很重要，既然来上海，就不能随便。即此一端，可以推见其他。他在山东担任好些工作，工作情况我不详细，我想山东的朋友一定有好些可以说的。

抗战以前，他到苏州看我，一块儿去游太湖里的洞庭东山洞庭西山。一九五五年深秋，我又到太湖，东西两山完全变了样。果农渔民绝大多数参加了合作社。果农不但高高兴兴称说合作对于果树业的种种好处，还提出提高产量改良品种的要求和办法。渔民向来是以舟为家，没有陆居的份儿的，现在可有了几年内全部登陆的打算。我当时想，要是跟剑三一块儿来，共同谈谈今昔的不同，那多有意思啊！这个期望，现在是永远不能实现了，我异常怅惘！

剑三写成长篇小说《山雨》，我读他的原稿，又为他料理出版方面的工作。近年来他对我说，他还想从事创作，想就近几十年的历史事件取题材。我当然怂恿他，我说在今天看近几十年的历史事件，总会跟前一二十年那时候看有所不同，总会比那时候看得正确些，而今天的青少年也确实需要知道近几十年的历史事件。他说只望身体好些,就抽空动笔。现在他永远不会动笔了,我异常怅惘!

今年他不能出席人代大会会议,还勉力在病床上写成书面发言稿,分发给全体代表。发言稿中有以下的话:“八年来我在山东可说几乎天天与党员同志们接触,开会,办事,研究问题,互提意见,自信这其间并无什么隔阂,而且我也学习了不少东西。我对同志们亦不敷衍,对付,该说的说,该做的做,只要为了群众的利益,工作上的改进,这里何须客气,又何有党内外的分别。”话虽简略,已够见出他的朴实和诚挚,他的爱党爱人民的精神。我们悼念逝者,一方面也在激励生者,我把剑三的话抄在这里,无非要让大家知道剑三是这样的一个人。

1957 年 12 月 2 日

# 俞曲园先生和曲园

看去年十二月一日的《苏州报》，知道好些专家对于把苏州建设成旅游城市提了不少意见。陈从周教授谈到俞曲园先生的居址和曲园遭到破坏，颇表感慨。我跟陈从周教授有同感，特地写这篇短文寄给《苏州报》，希蒙刊载。

俞曲园先生是清代末叶的著名学者。他的学术成就是多方面的，主要是继承了高邮王氏父子这一学派，用音韵训诂来解释古书，这方面的著作有《群经评议》和《诸子评议》。他的诗、文自成一家，文从辞顺，并不模仿古人，故而在文学方面很有创新的意味。他在小说、戏曲、通俗文学等方面也有不少著述，但是不甚受人注意。他的全部著述汇编成集，叫做《春在堂全书》，共五百卷。

曲园先生的原籍是浙江湖州府德清县，幼年却住在杭州府仁和县的临平镇，所以他说话带临平口音，杭州可以说是他的故乡。但是更确切地说，曲园先生的一生，跟苏州的关系最为密切。

早在太平天国革命以前,他从河南罢官之后直到晚年,住在苏州的时间最长久。开始住在庚戌状元石韫玉(琢堂)的旧屋五柳园中。马医科巷住宅建于光绪初年。所谓“曲园”在住房西侧春在堂的北面,因为地面是⅃形,跟篆文⅃(曲)字相似,故名“曲园”。其中开了个凹形的小池塘,又跟另一个篆文凵(曲)字相似。曲水亭三面临水。对面有回峰阁。南侧的假山有两条小径,上有平台可以憩坐。北侧也有山石。牡丹台面对达斋。全园占地不大,可是布置极佳。

解放以后,曲园由曲园老人的曾孙俞平伯先生捐献给国家,现在年久失修,而且成了好些人家聚居的杂院。像曲园老人这样一位学者,咱们应该纪念他。而要纪念他,保存并修缮曲园是最好的办法。曲园的面积并不大,修缮并不费事,不用花大笔的钱,而对于发展旅游事业,尤其是增进中日友谊,却能起极好的作用。

曲园老人的著作,日本朋友购置的很多。日本学术界一向仰慕曲园老人,有不少日本学者专程来华,拜他为师。他又编选过日本人的中文诗,名为《东海投桃集》,收入《春在堂全书》。

曲园先生罢官以后,长期任杭州诂经精舍的山长。诂经精舍是个书院,书院是专门培养学术人才的学校,跟当时的科举制度并不相干,山长相当于校长。曲园老人虽在杭州任山长,在西湖边还有他的俞楼,可是他一直喜欢住苏州,只在春秋两季去杭州讲学,这样情形连续了三十一年。直到戊戌年他的孙子,平伯先生的父亲阶青(陛云)先生中了探花,他才不再两地往返,专住苏州,逝世之后才移灵杭州安葬。他的《春在堂全书》五百卷,大部分是在苏州著作的。苏州很多游览胜地都能见到他的墨迹,其中最为人们所熟悉的,是寒山寺的唐人张继《枫桥夜泊》诗碑。这块碑原来是文徵明写的,后来遗失了,曲园老人重写此诗,刻碑留在寺里。日本人一向敬重曲园老人,到苏州游览的,几乎人人要购买这块碑的拓片带回去。

修缮曲园,既是保存古迹,又可以促进国际交往,发展旅游事业。最近看见报载苏州成立园林建筑公司,修缮又很方便,我想,我的建议将会引起苏州市园林局直至中央文物局、旅游总局以及各界人士的注意和考虑。

1980 年 1 月 8 日

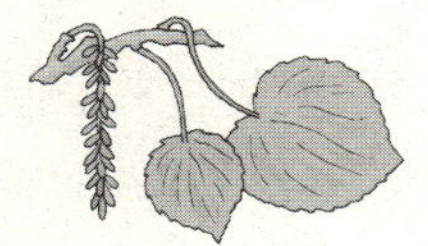

# 《郑振铎文集》序

我是少年！我是少年！
我有如炬的眼，
我有思想如泉。
我有牺牲的精神，
我有自由不可捐。
我过不惯偶像似的流年，
我看不惯奴隶的苟安。
我起！我起！
我欲打破一切的威权。

振铎兄的这首《我是少年》发表在“五四运动”之后不久，可以说是当时年轻一代人觉醒的呼声。这首诗曾经有人给配上谱，成为当时青年学生普遍爱唱的一支歌。我跟振铎兄相识正在那个时候，先是书信往还，然后在上海见面。跟他结交四十年，我越来越深地感到这首诗标志着他的一生，换句话说，他的整个生活就是这首诗。他始终充满着激情，充满着活力，给人一种不可抗拒的感染。

文学研究会的成立，可以说主要是振铎兄的功绩。我参加文学研究会，为发起人之一，完全是受他的鼓动；好几位其他成员也跟我相同。有时候我甚至这样想，如果没有振铎兄这样一位核心人物，这一批只会动笔而不善于处事的青年中年人未必能结合成这个文学团体。

正在这个时候，雁冰兄担任《小说月报》的主编，决意全面革新，而竭尽全力支持雁冰兄的是振铎兄，他为《小说月报》革新号组织了大半稿件。后来雁冰兄被迫离开《小说月报》社，振铎兄又接替了他，使他的编辑方针得以持续下去，直到《小说月报》在“一二八”的战火中停刊。研究新文学的人往往把《小说月报》的停刊作为文学研究会活动结束的标志，那么振铎兄真可以说是一位善始善终的最积极的会员了。

其实文学研究会并未宣布过解散，这正好表明它的组织是极其松散的。参加的成员没有分担会务的责任，许多事务工作自然地压在振铎兄的肩膀上。几种丛书和几种会刊的编辑出版，几乎全由他张罗和调度。尤其是会刊，编撰工作都是在业余时间做的，不要说报酬，连撰写的稿子也没有什么稿费。几位朋友受振铎兄吸引，愿意跟他一同出力，先后担任了会刊的主编。

在二十年代，我受了振铎兄的鼓励和催迫，写了不少童话。感谢他为我的童话集《稻草人》写了序文。序文中的许多溢美之辞完全出于他提倡儿童文学创作的热情。当时他正在编辑《儿童世界》，《儿童世界》是我国最早的一种儿童期刊，创办人就是振铎兄。

“五卅”运动中的那些日子是值得怀念的。以十几个学术团体的名义出版了《公理日报》,振铎兄的家就成了临时的编辑部和发行所。朋友们没昼没夜地聚集在他家里,喜怒哀乐相共,都自以为肩负着民族的命运。只二十来天,《公理日报》被迫停刊了。“五卅”运动虽然由于权势者的妥协而失败,却为大革命准备了群众力量。商务印书馆的工会就是在那个时候成立的,善于团结朋友的振铎兄很自然地被选为工会的负责人之一。

上海迎接北伐的工人起义中，商务印书馆的工人是闸北一带的主力。起义成功以后，振铎兄被推举参加了临时革命政权——闸北市民代表会执行委员会。没想到接着就发生了“四一二”事变,工人群众的牺牲比起义时更为惨烈。振铎、愈之、予同诸兄联名写信给国民党的几位元老，抗议反动军队屠杀游行群众。后来白色恐怖越来越严重,振铎兄才出国去暂避。

振铎兄并没有就此消沉,挫折更增长了他斗争的经验。在以后的岁月里,他依然参加政治活动,依然从事文学工作,依然充满着激情和活力。那十几年间,先是反对法西斯,号召抗日,后来又为了争取民主,迎接解放,他写文章,办刊物,斗志毫不松懈。尤其难得的是他当时生活极端困苦,处境极端危险,还尽力为国家保住了一批书籍和陶俑,使这些珍贵文物不至于流落到海外去。

一九四九年春天,振铎兄和我跟许多位前辈和朋友一道,绕道香港进入解放区,准备参加政治协商会议。这次欢乐的旅行真可以说终身难忘。新中国成立之后,振铎兄为文物的发掘、修复、保护、收藏等等方面出了不少主意，还切切实实地做了不少工作,对于通俗文学的研究仍然没有放松。政权掌握在人民的手里了，一切条件都改观了，振铎兄正可以在学术方面施展他的抱负了，没想到在出国讲学途中，他因为飞机失事，过早地离开了我们。

振铎兄学的是铁路管理，毕了业被派到上海西站当见习站长。在那个时代，年轻人找工作可比现在难多了，只有铁路局、邮政局、电报局和海关的一个位置是一般人眼红的“铁饭碗”。振铎兄却宁肯扔掉“铁饭碗”，一定要走这条文学的道路。他为的什么？就为的“过不惯偶像似的流年”，就为的“看不惯奴隶的苟安”。“我起！我起！”他要凭文学唤醒群众，共同起来“打破一切的威权”——封建主义和帝国主义。

振铎兄离开我们已经二十五年了，现在就要排印他的两卷本文集。可惜我视力极度衰退，连目录也无法仔细阅览了。但愿这部文集能最大限度地反映振铎兄一生的工作和经历。我常常这样想，应该有人发个愿心，为振铎兄写一部传记，这对帮助人们了解“五四”以来的新文学运动大有好处。我还认为写振铎兄的传记用不着什么夸张的手法，只要求内容翔实，他那充满着激情和活力的品格就足以使读者受到感染了。

1983 年 2 月 3 日

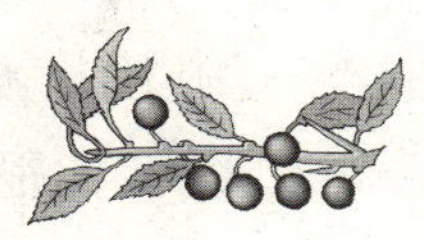

# 记游洞庭西山

四月二十三日，我从上海回苏州，王剑三兄要到苏州玩儿，和我同走。苏州实在很少可以玩儿的地方，有些地方他前一回到苏州已经去过了，我只陪他看了可园，沧浪亭，文庙，植园以及顾家的怡园，又在吴苑吃了茶，因为他要尝尝苏州的趣味。二十五日，我们就离开苏州，往太湖中的洞庭西山。

洞庭西山周围一百二十里，山峰重叠。我们的目的地是南面沿湖的石公山。最近看到报上的广告，石公山开了旅馆，我们才决定到那里去。如果没有旅馆，又没有住在山上的熟人，那就食宿都成问题，洞庭西山是去不成的。

上午八点，我们出胥门，到苏福路长途汽车站候车，苏福路从苏州到光福，是商办的，现在还没有全线通车，只能到木渎。八点三刻，汽车到站，开行半点钟就到了木渎，票价两毛。经过了市街，开往洞庭东山的裕商小汽轮正将开行，我们买西山镇夏乡的票，每张五毛。轮行半点钟出胥口，进太湖。以前在无锡鼋头渚，在邓尉还元阁，只是望望太湖罢了，现在可亲身在太湖的波面，左右看望，混黄的湖波似乎尽量在那里涨起来，远处水接着天，间或界着一线的远岸或是断断续续的远树。晴光照着远近的岛屿，淡蓝，深翠，嫩绿，色彩不一，眼界中就不觉得单调，寂寞。

十二点一刻到达西山镇夏乡，我们跟着一批西山人登岸。这里有码头，不像先前经过的站头，登岸得用船摆渡。码头上有人力车，我们不认识去石公山的路，就坐上人力车，每辆六毛。和车夫闲谈，才知道西山只有十辆人力车，一般人往来难得坐的。车在山径中前进，两旁尽是桑树茶树和果木，满眼的苍翠，不常遇见行人，真像到了世外。果木是柿、橘、梅、杨梅、枇杷。梅花开的时候，这里该比邓尉还要出色。杨梅干枝高大，屈伸有姿态，最多画意。下了几回车，翻过了几座不很高的岭，路就围在山腰间，我们差不多可以抚摩左边山坡上那些树木的顶枝。树木以外就是湖面，行到枝叶茂密的地方，湖面给遮没了，但是一会儿又露出来了。

十二点三刻，我们到了石公饭店。这是节烈祠的房子，五间带厢房，我们选定靠西的一间地板房，有三张床铺，价两元。节烈祠供奉全西山的节烈妇女，门前一座很大的石牌坊，密密麻麻刻着她们的姓氏。隔壁石公寺，石公山归该寺管领。除开一祠一寺，石公山再没有房屋，惟有树木和山石而已。这里的山石特别玲珑，从前人有评石三字诀叫做“皱，瘦，透”，用来品评这里的山石，大部分可以适用。人家园林中有了几块太湖石，游人就徘徊不忍去，这里却满山的太湖石，而且是生着根的，而且有高和宽都达几十丈的，真可以称大观了。

饭店里只有我们两个客，饭菜没有预备，仅能做一碗开洋蛋汤。一会儿茶房高兴地跑来说，从渔人手里买到了一尾鲫鱼，而且晚饭的菜也有了，一小篮活虾，一尾很大的鲫鱼。问可有酒，有的。本山自制，也叫竹叶青。打一斤来尝尝，味道很清，只嫌薄些。

吃罢午饭，我们出饭店，向左边走，大约百步，到夕光洞。洞中有倒挂的大石，俗名倒挂塔。洞左右壁上刻着明朝人王鏊所写的寿字，笔力雄健。再走百多步，石壁绵延很宽广，题着“联云嶂”三个篆字。高头又有“缥缈云联”四字，清道光间人罗绮的手笔。从这里向下到岸滩，大石平铺，湖波激荡，发出汩汩的声音。对面青青的一带是洞庭东山，看来似乎不很远，但是相距十八里呢。这里叫做明月浦，月明的时候来这里坐坐，确是不错。我们照了相，回到山上，从所谓一线天的裂缝中爬到山顶。转向南往下走，到来鹤亭。下望节烈祠和石公寺的房屋，整齐，小巧，好像展览会中的建筑模型。再往下有翠屏轩。出石公寺向右，经过节烈祠门首，到归云洞。洞中供奉山石雕成的观音像，比人高两尺光景，气度很不坏，可惜装了金，看不出雕凿的手法。石公全山面积一百八十多亩，高七十多丈，不过一座小山罢了，可是山石好，树木多，就见得丘壑幽深，引人入胜。

回饭店休息了一会儿，我们雇一条渔船，看石公南岸的滩面。滩石下面都有空隙，波涛冲进去，作鸿洞的声响，大约和石钟山同一道理。渔人问还想到哪里去，我们指着南面的三山说，如果来得及回来，我们想到那边去。渔人于是张起风帆来。横风，船身向右侧，船舷下水声哗哗哗。不到四十分钟，就到了三山的岸滩。那里很少大石，全是磨洗得没了棱角的碎石片。据说山上很有些殷实的人家，他们备有枪械自卫，子弹埋在岸滩的芦苇丛中，临时取用，只他们自己有数。我们因为时光已晚，来不及到乡村里去，只在岸滩照了几张照片，就迎着落日回船。一个带着三弦的算命先生要往西山去，请求附载，我们答应了。这时候太阳已近地平线，黄水染上淡红，使人起苍茫之感。湖面渐渐升起烟雾，风力比先前有劲，也是横风，船身向左侧，船舷下水声哗哗哗，更见爽利。渔人没事，请算命先生给他的两个男孩子算命。听说两个都生了根，大的一个还有贵人星助命，渔人夫妻两个安慰地笑了。船到石公山，天已全黑。坐船共三小时，付钱一块二毛。饭店里特地为我们点了汽油灯，喝竹叶青，吃鲫鱼和虾仁，还有咸芥菜，味道和白马湖出品不相上下。九时熄灯就寝。听湖上波涛声，好似风过松林，不久就入梦。

二十六日早上六时起身。东南风很大，出门望湖面，皱而暗，随处涌起白浪花。吃过早餐，昨天约定的人力车来了，就离开饭店，食宿小帐共计六块多钱。沿昨天来此的原路，我们向镇夏乡而去。淡淡的阳光渐渐透出来，风吹树木，满眼是舞动的新绿。路旁遇见采茶妇女，身上各挂一只篾篓，满盛采来的茶芽。据说这是今年第二回采摘，一年里头，不过采摘四五回罢了。在镇夏乡寄了信，走了多路，到林屋洞，洞口题“天下第九洞天”六个大字。据说这个洞像房屋那样有三进，第一进人可以直立，第二三进比较低，须得曲身而行。再往里去，直通到湖广。凡有山洞处，往往有类似的传说，当然不足凭信。再走四五里，到成金煤矿，遇见一个姓周的工头，峄县人，和剑三是大同乡，承他告诉我们煤矿的大概。这煤矿本来用土法开采，所出烟煤质地很好，运到近处去销售，每吨价六七块钱，比远来的煤便宜得多。现在这个矿归利民矿业公司经营，占地一万七千亩。目前正在开凿两口井，一口深十七丈，又一口深三十丈，彼此相通。一个月以后开凿成功，就可以用机器采煤了。他又说，西山上除开这里，矿产还很多呢。他四十三岁，和我同年，跑过许多地方，干了二十来年的煤矿，没上过矿业学校，全凭实际得来的经验。谈吐很爽直，见剑三是同乡，殷勤的情意流露在眉目间。剑三给他照了个相，让他站在他亲自开凿的井旁边。回到镇夏乡正十一点。付人力车价，每辆一块二毛半。在面馆吃了面，买了本山的碧螺春茶叶，上小茶楼喝了两杯茶，向附近的山径散步了一会儿，这才挨到午后两点半。裕商小汽轮靠着码头，我们冒着狂风钻进舱里，行到湖心，颠簸摇荡，仿佛在海洋里。全船的客人不由得闭目垂头，现出困乏的神态。

1936 年

# 假 山

佩弦到苏州来,我陪他看了几个花园。花园都有假山,作为园子的主要部分。假山下大都是荷花池。亭台轩榭之类就环拱着假山和池塘布置起来。佩弦虽是中年人,而且身子比较胖,却还有小孩的心性,看见假山总想爬。我是幼年时候爬熟了这几座假山了,现在再没有这种兴致,只是坐定在一处地方对着假山看看而已。

假山实在算不得一件好看的东西。乱石块堆叠起来,高高低低,凹凹凸凸,且不说天下决没有这样的山,单说阳光照在上面,明一块,暗一块,支离破碎,看去总觉得不顺眼。石块与石块的胶粘处不能不显出一些痕迹,旧了的还好,新修的用了水门汀,一道道僵白色真令人难受。玄墓山下有一景,叫做“真假山”,是山脚露出一些石块,有洞穴,有皱襞,宛如用湖石堆成的一般。胶粘的痕迹自然没有,走近去看还可以鉴赏山石的“皱法”。然而合着玄墓山一起看,这反而成为一个破绽,跟全山的调子不协调。可观的“真假山”,依我的浅见,要算太湖中洞庭西山的石公山了。那里全山是湖石,洞穴和皱襞俯拾即是,可是浑然一气。又有几十丈高的幛壁,比虎丘“千人石”大得多的石滩,真当得上“雄奇”二字。看了石公山再来看花园里的假山,只觉得是不知哪一个石匠把他的石料寄存在这里罢了。

假山上大都种树木,盖亭子。往往整个假山都在树木的荫蔽之下,而株数并不多,少的简直只有一株。亭子里总得摆一张石桌,可以围坐几个人,一座亭子镇压着整个所谓“山峰”也是常有的事。这就显得非常不相称。你着眼在山一方面,树木和亭子未免太大了, 如果着眼在树木和亭子一方面, 山又未免小得可笑了。《浮生六记》里的《闲情记趣》开头说:

> 留蚊于素帐中,徐喷以烟,使其冲烟飞鸣,作青云白鹤观,果如鹤唳云端,怡然称快。于土墙凹凸处,花台小草丛杂处,常蹲其身,使与台齐,定神细观。以丛草为林,以虫蚁为兽,以土砾凸者为邱,凹者为壑,神游其中,怡然自得。

这不失为很好的幻想。作者所以能“怡然称快”,“怡然自得”,在乎比拟得相称。以烟为云,自不妨以蚊为鹤;以丛草为树林,以土砾为邱壑,自不妨以虫蚁为走兽。假若在蚊帐中“徐喷以烟”而捕一只麻雀来让它逃来逃去,或者以丛草为树林,而让一只猫蹲在丛草之上,这就凝不成“青云白鹤”和“林壑幽深”的幻想,也就无从“怡然”了。假山上长着大树,盖着亭子,情形正跟上面所说的相类。不相称的东西硬凑在一起,只使人觉得是大树长在乱石堆上,亭子盖在乱石堆上而已。

据说假山在花园中起障蔽的作用。如果全园的景物一目了然，东边望得到西边，南边望得到北边，那就太不曲折，太没有深致了。有假山障蔽着，峰回路转，又是一番景象，这才引人入胜。这个话当然可以承认，而且有一些具体的例子证明这个作用的价值。顾家的怡园，靠西一带假山把全园的景物遮掩了，你走到假山的西边去，回廊和旱船显得异常幽静，假山下的一湾水好像是从远处的泉源通过来的（其实就是荷花池中的水），引起你的遐想。还有，拙政园的进园处类似从前衙署中的二门，如果门内留着空旷处所，从园中望出来就非常难看。当初设计的人为弥补这个缺陷，在门内堆了一座假山，使你身在园中简直看不见那一道门。可见假山的障蔽作用确有它的价值。然而障蔽不一定要用假山。在园林建筑上，花墙极受重视，也为它的障蔽作用。墙上砌成各式各样的镂空图案，透着光，约略看得见隔墙的景物。这种"隔而不隔"的手法，假若使用得适当，比较堆假山作障蔽更有意思。此外，丛树也可以作障蔽之用。修剪得法，一丛树木还可以当一幅画看。用假山，固然使花园增加了曲折和深致，但是也引起了一堆乱石之感。利弊相较，孰轻孰重，正难断言。

依传统说法，假山并不重在真有山林之趣，假山本来是假山。路径的盘曲，层次的繁复，凡是山上所有的景物，如绝壁，危梁，岩洞，石屋，应有尽有，正合"麻雀虽小，五脏俱全"的谚语，在这等地方，显出设计的人的匠心。而假山的可贵也就在此。有名的狮子林，大家都说它了不起，就为那假山具有上面所说的那些条件。我小时候还没到过狮子林，长辈告诉我说，那里的假山曲折得厉害，两个人同在山上，看也看得见，手也握得着，但是他们要走到一条路上，还得待小半天呢。后来我去了，虽然不至于小半天,走走的确要好些时间。沿着高下屈曲的路径走,一路上遇见些“具体而微”的山上应有的景物。总之是层次多,阻隔多。就从这个诀窍,产生了两个人看得见而不能立刻碰头的效果。要堆这样一座假山当然不是容易事,不比建筑整整齐齐的房屋,可以预先打好平面和剖面的图样。这大概是全凭胸中的一点意象,堆上了,看看不对就卸下,卸下了,想停当了,再堆上,这样精心经营,直到完工才得休歇。然而不容易的事不一定做成功具有艺术价值的东西。在芝麻大的一粒象牙上刻一篇《陋室铭》,难是难极了,可是这东西终于是工匠的制品,无从列入艺术之林。你在假山上爬来爬去,只觉得前后左右都是石块,逼窄得很。遇见一些峭壁悬崖,你得设想自己缩到一只老鼠那样小才有味。如果你忘不了自己是个人,让躯体跟峭壁悬崖对照,那就像走进了小人国一般,峭壁悬崖再没有什么气魄,只见得滑稽可笑了。爬到“绝顶”的时候,且不说一览宇宙之大,你总要想来一下宽广的眺望吧。但是糟得很,什么堂什么轩的屋顶就挤在你眼前,你可以辨认那遗留在瓦楞上的雀粪。真山真水若是自然手创的艺术品,假山便是人类的难能而不可贵的“匠”制。凡是可以从真山真水得到的趣味,假山完全没有。

看既没有可看,爬又无甚意趣,为什么花园里总得堆一座假山呢?山不可移。叠起一堆乱石来硬叫它山,石块当然不会提抗议。而主人翁便怡然自得,心里想:“万物皆备于我矣,我的花园里甚至有了山。”舒服得无可奈何的人往往喜爱“万物皆备于我”,古董、珍宝、奇花、异卉、美人、声伎,样样都要,岂可独缺名山?堆了假山,虽然眼中所见的到底不是山,而心中总之有了山了,于是并无遗憾。兴到时吟吟诗,填填词,尽不妨夸张一点儿,

"苍岸千丈"呀,"云气连山"呀,写上一大套征求吟台酬和,作为消闲的一法。这不过随便揣想罢了,从前的绅富爱堆假山究竟是这个意思不是,当然不能说定。

1936 年

# 谈成都的树木

前年春间,曾经在新西门附近登城,向东眺望。少城一带的树木真繁茂,说得过分些,几乎是房子藏在树丛里,不是树木栽在各家的院子里。山茶、玉兰、碧桃、海棠,各种的花显出各种的光彩,成片成片深绿和浅绿的树叶子组合成锦绣。少陵诗道:“东望少城花满烟,百花高楼更可怜。”少陵当时所见与现在差不多吧,我想。

登高眺望,固然是大观,站到院子里看,却往往觉得树木太繁密了,很有些人家的院子里接叶交柯,不留一点儿空隙,叫人想起严译《天演论》开头一篇里所说的“是离离者亦各尽天能,以自存种族而已,数亩之内,战事炽然,强者后亡,弱者先绝”,简直不像布置什么庭园。为花木的发荣滋长打算,似乎可以栽得疏散些。如果处在玩赏的观点,这样的繁密也大煞风景,应该改从疏散。大概种树栽花离不开绘画的观点。绘画不贵乎全幅填满了花花叶叶。画面花木的姿态的美,加上所留出的空隙的形象的美,才成一幅纯美的作品。满院子密密满满尽是花木,每一株的姿致都让它的朋友搅混了,显不出来,虽然满树的花光彩可爱,或者还有香气,可是就形象而言,那是毫无足观了。栽得疏散些,让粉墙或者回廊作为背景,在晴朗的阳光中,在澄彻的月光中,在朦胧的朝曦暮霭中,玩赏那形和影的美,趣味必然更多。

根据绘画的观点看,庭园的花木不如野间的老树。老树经历了悠久的岁月,所受自然的剪裁往往为专门园艺家所不及,有的竟可以说全无败笔。当春新绿茏葱,生意盎然,入秋枯叶半脱,意致萧爽,观玩之下,不但领略他的形象之美,更可以了悟若干人生境界。我在新西门外,住过两年,又常常往茶店子,从田野间来回,几株中意的老树已成熟朋友,看着吟味着,消解了我的独行的寂寞和疲劳。

说起剪裁,联想到街上的那些泡桐树。大概由于街两旁的人行道太窄,树干太贴近房屋的缘故,修剪的时候往往只顾保全屋面,不顾到损伤树的姿态,以致所有泡桐树大多很难看。还有金河街河两岸以及其他地方的柳树,修剪起来总是毫不容情,把去年所有的枝条全都锯掉,只剩下一个光光的拳头。我想,如果修剪的人稍稍有些画家的眼光,把可以留下的枝条留下,该会使市民多受若干分之一的美感陶冶吧。

少城公园的树木不算不多,可是除了高不可攀的楠木林,都受到随意随手的摧残。沿河的碧桃和芙蓉似乎一年不如一年了,民众教育馆一带的梅树,集成图书馆北面的十来株海棠,大多成了畸形,表示“任意攀折花木”依然是游人的习惯。虽然游人甚多,尤其是晴天,茶馆家家客满,可是看看那些“刑余”的花树以及乱生的灌木和草花,总感到进了个荒园似的。《牡丹亭·拾画》

出的曲文道“早则是寒花绕砌,荒草成窠”。读着很有萧瑟之感,而少城公园给人的印象正相同。整顿少城公园要花钱,在财政困难的此刻未必有这么一笔闲钱。可是我想,除了花钱,还得有某种精神,如果没有某种精神,即使花了钱恐怕还是整顿不好的。

1945 年

# 过三峡[①]

## 一月七日　星期一

今日不开船，三船皆动工修整。余之主张，彼舟之人表示同意，云至此亦惟有如是。明日开行，只得老小五十余人挤坐一舱，如在公路上乘卡车矣。

九时许，同舟多数人出发游白帝城，余未往。远望夔门，高山莽莽，颇为壮观。白帝城可见，高仅及高山之三之一。下有白烟丛起，云是盐灶煮盐。水落之时，沙滩有盐泉涌出，取而煮之。一年中可煮四个月。据云盐质不多，而费燃料殊甚。

午后一时，游白帝城者归来。谓其地距城十余里，循山腰而往，至山半始有石级。石级凡四百余，乃至其颠。昭烈庙无可观，

① 本篇选自叶圣陶1946年1月7日至12日之日记。抗战胜利后，入川的下江人纷纷东归。叶圣陶与开明书店同人亦急于返沪。但车、船、飞机票已被抢售一空。无奈之下，只能包乘木船两艘，顺江而下。本篇所选，正是船过瞿塘、巫峡两处险段的日记。题目是本书编者所加。

而地势绝胜，俯瞰滟滪堆，对望夔门，平眺峡景，皆为胜览。然往回奔走，众皆疲劳。三午亦由小墨、三官抱之往，归来由二位邱君与陈君抱持，亦可记也。

三时，与芷芬、清华等入城。城如山野小邑，人口无多，市肆不盛。见有产科医生黄俊峰悬牌，系吴天然之同学，昔尝往来。入访之，告以天然已去世。未坐定，即言别。购酒与零食而归。有卖梳子筷子者，木质白润如象牙，各购若干。饮酒，饭毕即就睡。

## 一月八日　星期二

晨七时后开船。另一船昨经修理，渗水已甚少。诸人以为移乘我舟，未免拥挤，索性不移动矣。

经白帝城下，仰望亦复巍然。滟滪堆兀立水中，今非如马如龟之时，乃如盆景湖石。夔门高高，真可谓壁立。石隙多生红叶小树。朝阳斜照于峡之上方，衬以烟雾，分为层次，气象浩茫。风甚急，泊于夔门壁下避风。

小墨、三官等爬乱石而上，捡石子，色彩纹理均平常，无如乐山所捡者。又有木片，亦经水力磨洗成圆形，略如鹅卵石，盖不知何年何月覆舟之遗骸也。

停舟二时许复开。大约于下午二时，瞿塘峡尽。复历激滩数处，四时抵巫山，泊岸。人多入城游观，舟中清静，余遂独酌，竟醉。进饭毕，即倒头而卧。半夜醒来，滩声盈耳。

## 一月九日　星期三

六时半开船。入巫峡，山形似与昨所见有异，文字殊难描状。水流时急时缓，急处舟速不下小汽轮，缓处竟若不甚前进。舟人言巫峡九十里，行约三十里，风转急如昨日，且有小雨，船不易进，复泊岸。

左边连峰叠嶂，以地图按之，殆即是巫山十二峰。以画法言，似诸峰各各不同。画家当此，必多悟入。而我辈得以卧游巫峡，此卧游系真正之卧游，亦足自豪。

泊舟二时许，再开。行不久，泊碚石。地属巫山县，系川鄂交界处。我店另一舟先泊岸，我舟在后数百丈。忽见彼舟之人纷纷登岸，行李铺盖亦历乱而上，疑遇暴客。舟人见此情形，断为船漏。及靠近问询，则知驾长不慎，触岸旁礁石者两次，水乃大入。此驾长好为大言，自夸其能，而举动粗忽，同人时时担心，今果出事。犹幸在泊岸之际，若在江心，不堪设想。于是众往抢救行李与货品，亚南、亚平、小墨、三官、两邱君皆颇奋其勇力。书籍浸湿者殆半，非我店之物，而余与三官之书则有三四包着湿，即晒干可看，书品已不存矣。逮货物取出，水已齐舷，下搁礁石，不复沉。

乡公所派壮丁七八人看守货物，且为守夜。舟中之人则由乡公所介绍一人家，以屋三间留宿。晚饭后商量善后，决依船主之意，破船修好再开，惟不乘人而装货，人则悉集我舟，且到宜昌再说。乘舟十余日，意已厌倦，又遇此厄，多数人意皆颓唐。惟愿此后一路顺利，不遇他险耳。

今夜余守上半夜，倚枕看谷崎润一郎之《春琴抄》终篇。篷上淅沥有雨点，风声水声相为应和。身在巫峡之中，独醒听之，意趣不可状。

## 一月十日　星期四

早起，知失事之驾长已逃，惧遭拘系。船主雇匠修船。其方法殊为原始，以棉絮塞破洞，钉上木板，涂以米饭，又用竹丝嵌入，如是而已。

午饭后，与芷芬访碚石（云应作"培"）乡长于乡公所。经过街道，清寂如小村落，仅有小铺子数家。坡路或上或下，皆以沿岸之青石铺之。晤乡长易春谷，谢其保护之好意。易约于傍晚款我辈，却之弗得。乡公所旁为中心小学，校长为宋女士，教师六人，多数系二十余龄之青年，皆知余名。啜茗闲谈，题纪念册数本而出。是校学生现仅四十余名。云学龄儿童远逾此数，皆以在家助劳作，不肯入学。乡公所强派，且以壮丁压之至，如拉夫，校中始有学生。乡僻之区，大都如是。

返舟，舟中正在下另一舟之行李，全舟纷然。俟其毕事，余重整铺位。

乡公所以人来邀，余与芷芬、知伊三人往。易乡长与其属下及校中教师劝酒甚殷，并告以下行程应注意之事项，情意殊可感。酒毕，为乡长书一联一单条。为他人书三联。然后辞出，乡长等送之于舟次，握手道别。又承馈鸡一，酱蹄一，咸菜一罐。受之有愧。

## 一月十一日　星期五

晨间，留宿岸上之另一舟之人皆来我舟，全船载客至六十人。以铺盖卷衔接直放于中舱，人坐其上。于是如三等火车，众客排坐，更无回旋余地。然较公路上之满载一车，犹觉宽舒。舟以八时开。未几，舟人告已出四川境。十时许，船首一主棹折，泊舟修理。与芷芬、士敭饮酒，自成一小天地。午餐时，人各一碗饭，上加菜肴，由数人传递，他人则坐而受之。

四时许，泊巴东。一部分人上岸宿旅馆。墨以不耐烦扰，亦上岸宿。余上岸观市街，荒陋殊甚，旋即返舟。所有儿童几全集舟中，哭闹之声时作，便溺之气充塞，甚不舒适，余竟夜未得好睡。

## 一月十二日　星期六

晨以八时开。过滩不少，皆无大险。晴明无风。意较闲适。闲望两岸，总之如观山水画。仍与芷芬、士敭饮酒。

午后三时抵新滩。今日众心悬悬，为此一滩。将到时，即闻水声轰轰。此滩洪水期较好，枯水期危险。通常过此滩，改请当地舵工驾驶，乘客则登岸步行。而我舟之舵工李姓尤姓以为可以胜任，不须别请，乘客登岸则不敢阻挡。于是众皆登岸，惟留三官、亚南数人于舟中。母亲与墨皆乘滑竿，三午由一十余龄少年驮之。余与其他步行者循沿岸石路而行。处身稍高，下望滩势，悉在眼中。此滩凡三截。第一截最汹涌。礁石拦于江中，水自高而下，有如瀑布，目测殆有丈许，未足为准。第二三两截则与其他之滩无异。我舟顺水流而下，一低一昂之顷，即冲过第一截，有乘风破浪之快。三官、亚南扬手高呼，岸上诸人亦高呼应之。我辈行抵滩尾，舟已泊岸。风势转急，云今日不能再开矣。

母亲登舟，跳板两截不胜重载，由老李驮之涉水，船上四人提而上之。念行程才及四分之一，此后上岸登舟，次数尚多，老母不便行履，殊可忧心。

四时半进晚餐。一部分人上岸借小店宿。入夜风益狂肆，吼声凄然。篷皆张上，且幔油布，乃如无物。寒甚，小孩闹甚，余又未得安眠。

# 游临潼

那一天天气晴朗。上午九点过，我们出西安城往临潼。临潼是西安人游息的处所。逢到休假的日子，到那里去洗一个澡，爬一回山，眺望渭河和田野，精神舒快，回来做工作格外有劲儿。

经过浐河和灞河。浐河上跨着浐桥，灞河上跨着灞桥。灞河灞桥都有名。沛公入关，驻军灞上。唐朝人送出京东去的直送到灞桥，在那里设饯，折柳赠别，以灞桥为题材的送行诗也不知道有几多首。浐河比较小，灞河可宽大，虽然秋季水落，靠两边露出了沉沙，浩荡的气势还是很显然。桥是平铺的，一列的方桥墩，一个个的方桥洞，汽车、大车、行人都在桥上过。岸边有些柳树，并不是倒垂拂地的那一种，也许唐朝人所折的柳跟这个不同吧。

从灞桥柳树想起《紫钗记》传奇里的那出《折柳》。霍小玉就在这里送李益，情意缠绵，难舍难分，说灞桥“分明是一座销魂桥”。可是汤玉茗更改了《霍小玉传》的情节，让李益往河西参军，往河西怎么倒朝东走？这与其说是作者的小小疏忽，不如说他舍不得灞桥折柳的故事,定要拿来做他传奇的节目。反正像作画一样,花无正色鸟无名,只要取个意思就成,既是传奇里的动人场面,又何必核实方位,究东问西呢?

在右手边望见一座新建筑,矗起个又高又大的烟囱,形式简净明快,大玻璃窗一排上头又是一排。铁路的支线跟公路交叉,横过去直通到新建筑那里。那是西安第二发电厂,去年十一月间开的工,不到一年工夫,今年十月九日已经举行了庆祝落成发电的剪彩典礼。最新式的设计,最新式的机器,最先进的技术,机械化、自动化达到了很高的程度。厂里现有的设备全部开动起来,发电量等于西安第一发电厂的两倍。在今后的两三年内,西安、咸阳地区的工业生产用电和城市居民用电这就可以充分供应了。

两旁地里的小道上三三两两有人在走动, 都汇合到公路上来。老汉衔着旱烟管。老太太带着小孙女儿,手里拄着拐杖,可是脚步挺软爽。壮年男子跑得热了,簇新的青布棉短褂搭在肩上。年轻妇女当然爱打扮, 无论留发的剪发的都把头发梳得整整齐齐的,有些个留发的还在发髻旁边插朵菊花。他们大都有说有笑的,瞧那神气好像赴什么宴会。

不但汇合到公路上来的行人越来越多,看,大车也不少呢。一辆大车往往挤着一二十人,偏着身子,挨着肩膀,有些人两条腿挂在车沿,那么一颠一荡地按着韵律前进。骡子拉着重载本来跑得慢,又因出身在乡间,跟汽车还有些生分,见我们的汽车赶过去,它索性停了步。于是赶车的老乡下来遮住骡子的视线,我们的汽车也开得挺慢,那么轻轻悄悄地蹑过去。

打听之后才知道斜口逢集,这些人大都是赶集来的。我们停车去看看。经过一条小道,从一排房子的后面抄过去就是斜口。

铺子前面一些摊子已经摆得端端正正了——卖东西的到得早。菜蔬,布匹,饮食,杂用零件,陈设跟一般市集差不多。需要东西的人这边看一看,那边挑些合用的什么,或者坐下来吃一碗泡馍,几乎可以说摩肩接踵,颇有一番热烘烘的景象。市梢头陈列着许多木柜子和门窗槅扇,全是木工的手制品。秋收差不多了,农民们添置个新柜子储藏家用东西,或者买些现成的门窗槅扇把房子刷新一下,这也是改善生活的要求,料想四年以前的市集该不会有这些东西吧。

十点半到临潼。并不进临潼县城,径到华清池。这一带树木比一路上繁茂,苍翠成林。仰望骊山不怎么高,可是有丘壑,有丘壑就有姿致,绿树红叶跟山石配合,俨然入画。从前唐明皇在这里修华清宫,周围起些公卿的邸宅,不致孤单寂寞,于是在华清池洗洗温泉澡,在长生殿跟杨玉环起个鹣鹣鲽鲽的恩爱誓。就享乐方面说,他可真是个老在行。

现在所谓华清池是个紧靠着骊山的花园布置。纯粹中国式,有假山、回廊、花栏、荷池、小桥,亭馆全用彩椽,当然,浴室也包括在里头。花栏里菊花、西番莲、美人蕉开得正有劲儿,还有些粉红的大型月季——这时候还开月季,可见地气之暖。荷池里只剩荷梗了,几只鸭悠然浮在池面。这池水是从温泉引过来的,因而想起“春江水暖鸭先知”的诗句。

我们不急于洗澡,先去爬山。目的在看西安事变那时候蒋介石躲藏的处所。从华清池右边上山。土坡缓缓地屈曲地往上延伸。路不算窄,大概可以并行两辆汽车,是新修的。路旁边栽些槐树。将近半山腰才是比较陡的石级,登完石级就到捉蒋亭。亭子后面朝石壁。亭子里正面上方题一段文字,叙述西安事变前后经过的大略情形。两三个老乡为游人指点蒋介石躲藏处，其说不一。一个说亭子后面那石壁稍微凹进去像个洞子，那夜晚蒋就像耗子似地躲在里头。一个说他还想往上逃，不知是光脚底跑破了还是挫伤了腰，再也跑不动，只好闪在右手边那块岩石的侧边。听起来总不离这一带石壁。为了掩饰蒋的丑，国民党反动派就在这里修个亭子，取名叫“正气亭”。正气，这是文天祥用来题他的诗歌的，反动派可窃取珍贵的珠花往癞子脑壳上插戴。单是这个冒用美名的罪名，他们就十恶不赦。不过反动派全惯于搞这一套，你看，帝国主义者不是总把他们那些个乌烟瘴气的国度叫作“自由世界”吗？解放以后，据实定名，亭子叫捉蒋亭，连同亭子里的那段文字，可以让游人知道个真情实况。

坐在捉蒋亭的台阶上休息。朝北望去，眼界宽阔极了。明蓝的晴空无边无际。渭河和它的支流界划着远处的平原，安安静静的。近处这里那里一丛丛的树林。地里差不多全种菜蔬，特别肥美，嫩绿浓绿都像起绒似的。通常说锦绣河山，这眼前的景物可真是一幅货真价实的锦绣。

下山吃过饭，在华清池旁边一家小茶馆前喝茶。帆布躺榻，矮矮的桌子，有成都茶馆的风味。茶馆老板是个爱说话的人，偶然问他几句，他就粘在那里舍不得走开。他指着半山腰的捉蒋亭，说当年捉住了蒋介石送西安，就在茶馆门前上的车——穿的单衫，一位弟兄好意，给他穿了件棉军衣。他说：“蒋介石这副形容去西安，来的时候可神气呢。一路上两旁布岗位，比电线杆子密得多，上刺刀的枪横在腰间，脸全朝外，他在汽车里只看他们的后脑勺。地里做活的全都让他给赶回去，不问你的活放得下手放不下手。不用说，我们这些小铺子也非关门不可，你得做一天吃一天,那是你的事,他不管。”

摹仿了几声枪响之后,茶馆老板接着说:“我想,他们准是开会谈不拢,闹翻了。亏得他们闹翻,我这小铺子才得就开门。要是他住在这里过个冬,我怎办?……后来他还来过一趟,照样布岗位,照样赶地里做活的回去,叫铺子关门。他穿一件长袍子,抬起尖下巴朝山上望了一会儿,不知道他想些什么。不多久汽车就开走了……”

茶馆附近有两个水果摊子, 带卖菜蔬。曾听说临潼石榴有名,我们就买石榴。摆摊子问要酸的还是甜的。我们说当然要甜的。可是一问价钱,酸的贵一倍。什么道理呢?茶馆老板又有话说了。他说酸石榴什么病都治,妇道人家尤其爱吃。大概病人胃口不好,什么都没味,吃些酸东西倒有爽利的感觉,那是真的。说什么病都治,未免夸张过分了。至于多数妇女爱吃酸是实情,恐怕是生理的关系,不大清楚。我们反正不生病,还是买了甜的,确然甜。

摊子上还有苹果和柿子。柿子分两种。一种是大型的,朱红色,各地常见,一种是小型的,大红色,近似苏州的“金钵盂”和杭州的“火柿儿”。这种小型的柿子在西安市上见过,没注意,这回可注意了,因为联想到苏州的金钵盂。我从小不爱吃那朱红色的大型柿,生一些的,涩味巴着舌头固然难受,熟透了的,那甜味也怪腻,没有鲜洁之感。我只爱吃金钵盂。自从离开了苏州,经常遇见那些大型的, 我从来不想拿一个来尝尝, 可以说跟柿子绝缘了。现在看见这近似金钵盂的小型柿, 不由得回忆起幼年的嗜好。捡一个熟透了的,轻轻地撕去表面那一层大红色的衣,露出朱红色的内皮,还是个柿子的形状,送到嘴里,甜得鲜洁,跟金钵盂一个样，而且没有硬核——金钵盂有硬核，或多或少。这种柿子是临潼的特产，名叫火柿，跟杭州相同。

临潼的菜蔬，白菜、花菜都好，韭黄尤其有名，在西安都吃过了。菜大都肥嫩，咀嚼起来没有骨子，很和润地咽下去。韭黄爽脆极了，咀嚼的时候起一种快感，汁水有些儿甜味，几乎没有那股臭气，吃过之后口齿间又绝不发腻。

茶馆的右手边就是公共浴池。温泉养成了临潼人勤洗澡的习惯，应该有公共浴池满足大众的需要。分男的和女的，都在屋子里，规定每天开闭的时间。我们去看男浴池。一股热气，比澡堂子里的大池子大。屋内光线不太强，可是看得清池水是清澈的。十来个近乎酱赤色的光身子泡在池水里，有几个只透出个脑袋。池沿上也有十来个人，正在擦呀抹的。

于是我们重入华清池。那一天不是星期日，等了大约一刻钟工夫就轮到我们洗澡了，据说星期日买了票等两三个钟头是常事。华清池内也有大池子，浴室分单人的、双人的，还有一间四个人的，美其名曰“贵妃池”。我和三位朋友挑了贵妃池。

池作长方形，周围全砌白瓷砖。一边一个台阶，没在水里，供洗澡的坐。不坐那台阶而坐在池底，水面齐脖子，四个人的手脚都可以自由舒展，不至于互相碰撞。水清极了，温度比福州的温泉和重庆的南温泉、北温泉似乎都高些(我只洗过这三处温泉)，可是不嫌其烫。论洗澡是大池子好，你可以舒臂伸腿，转动身躯，让热水轻轻地摩擦你周身的皮肤，同时你享受一种游泳似的快感。在澡盆子里洗差多了，你只能直僵僵地躺在里头让热水泡着，两边紧紧地挨着，不免有些压迫之感。这贵妃池虽然不及大池子宽广，也尽够自由活动了。我们足足洗了三十分钟，轻松舒快,身上好像剥去了一层壳似的。起来之后倒茶壶里的水尝尝。那是煮过的温泉水,清淡,没有什么矿质的气味。

澡洗过了,到夜还有两点来钟,我们去看秦始皇墓。起先车顺着公路开,后来转入田地间的小道。一路上多的是柿子树,柿子承着斜阳显得更鲜明。没有二十分钟工夫就到了秦始皇墓下。那是个极大的土堆,据说地盘有四百亩,原先还要大得多。大略有些像金字塔,缓缓地斜上去,除了土面的草而外,什么也没有。骊山默默地衬托在背面。这一面山上红叶特别多,山容比华清池那边望见的似乎更好看。从墓顶往下望,平原上红柿子宛如秋夜的星星,洋洋大观。听说春天是一片桃花和杏花。

秦始皇墓让古来所谓“发冢”的发掘过好多回了,按《高祖本纪》的记载,项羽是头一个。他们的目的无非在盗些宝物。往后在研究古代文物的整个计划之下,这座陵墓该来一回科学的发掘。前些日子在西安的《群众日报》上看见一位先生的文章,说这一带农家常常捡到古砖,又掘到过埋在地下的古时的排水管,发见过还看得清形制的建筑结构,等等。猜想起来,发掘该不会一无所获,或许竟大有所获,使历史家、考古家高兴得不得了,互相庆幸又得到了可贵的新资料。当然,这只是外行人的想头,未必有价值。——再说句外行话,要是古代通行了火葬,不搞什么坟墓,现代的历史家、考古家至少要短少一大宗重要的凭借吧。

上了车,在小道上开行,忽听当的一声,以为小石子打在钢板上,没有事。可是回头一看,小道上画了很长的一条,是乌绿的机油。车底盛机油的部分破了。于是停车,司机仰着身子钻到车底下去检查。站起来的时候是两泡眼泪,一只手尽拍前额,几乎哭出声来。小道中间高两边低,车底当然接近些地面,车轮子滚过,小石子当然要蹦起来,完全没有理由怪到他,可是爱护公共财物的观念叫他淌了眼泪。

大家说有什么哭的,想办法要紧。吉普车的那司机说机油漏光了,花生油什么的可以代替,油箱的窟窿呢,塞一把土,拿布裹一裹,拴一下,就成了。——听那司机说办法,我立刻想起在巫山下经历的事。那一年冬天从重庆东归,飞机、轮船全没份,我们六十多人雇了两条木船。一天黄昏时分歇碚石,拢岸了,一条木船触着江边的石头,船侧边一个窟窿,饭碗那么大。那时候的惊慌情状不必细说,幸而没有事,只灌湿了好些箱笼书籍。你知道管船的怎么修补那穿了窟窿的破船?一大碗饭,拿块不知从哪里撕下来的布一裹,往窟窿里一塞,再钉上块木板,第二天早晨就照常开船了。急救治疗就有那么一手。

两个司机作急救治疗去了,我们跟几个农民商量油的事情。农民们说村里各家去问问,大家凑一些,不过要六七斤怕凑不齐。一会儿村干部也来了,问明白之后说:“总得想办法,保证你们今夜晚回西安。”

太阳落下去了,道旁场上有个四十来岁的农民在收晒在那里的棉花,一大把一大把地往筐子里塞。我们跟他攀谈,不免问长问短,最后请他说说今昔的比较。他把手在筐子边上一按,似笑非笑地说:“从前吗,搞出来的东西人家给拿走了,人还不得留在家里。现在搞出来的是自家的了,人也能安安心心地留在家里了。”

他这个话多么简括,说出了最主要的。在今年,他那“自家的”里头包括新盖的房子,新买的一头小牛——他那村子里有八家盖了新房子呢。真的事实,亲身的体会,什么道理都容易搞明白，搞得明白自然能够简括地扼要地说出来。在社会主义改造完成之后，就是这个农民，今天在这里一大把一大把往筐子里塞棉花的，他一定会说："从前吗，一家人勤勤恳恳地搞，可是搞不怎么多，比工人老大哥差得远。现在大伙儿合起来搞，比从前好多了，我们跟得上工人老大哥了！"

凑来的油灌好，汽车开动，已经七点多了。月亮还没升起来，车窗外的景物都成了剪影。老远就望见西安第二发电厂烟囱高头极亮的红灯，那是航空的安全设备。

1953 年 12 月 27 日

# 登雁塔

雁塔在西安城外东南面。那天上午十点,我们出西安南门往雁塔,远远望见好些正在兴修的建筑工程,木头构成的工作架跟林木相映衬。听说这些全是文教机关的房屋,西安南郊将来是个文化区。没打听究竟是哪些文教机关,单知道其中有个体育运动场,面积七百多亩,有田径赛场、各种球场、风雨操场、滑冰场、游泳池,可以容纳观众十万人以上——规模够大了。

在以往历史上,有没有一个时期像今天这样在全国范围内搞基本建设的?且不说工矿方面的基本建设,单说机关、学校、公共场所的兴修,修成之后将在那里办理人民的公务,培养少年、青年乃至成人,使他们具有堪以献身的精神体魄,像今天这样的情形在以往历史上有过没有?我不曾下工夫查考,可是我敢于断定不会有。我这个断定从以往社会的性质而来。那时候无非兴修些帝王的宫殿、公侯的第宅、贵介的别墅,或者地主富商修些房子自己住,租给人家收租钱,等于放高利贷,再就是勉强过得去的人家搭这么三间两间聊蔽风雨。除此而外,哪儿会有为了群众的利益招工动众,大规模地兴修房屋的?

这么想着,不觉雁塔早已在望。原地颇有高下,可是坡度极平缓,车行不感颠簸。不多久就到了雁塔所在的慈恩寺门前。

进门一望,只觉景象跟一般寺院不大一样。殿宇亭台不怎么宏大,空地特别宽广,又有栽得很整齐的林木、蒙络荫翳的灌木丛、略有丘壑之势的小土丘,树荫之下立着好些个埋葬僧人的小石塔,形制古朴有致。这就成个园林的布置,佛殿只是整个园林的一个组成部分,不像杭州的灵隐寺那样,一进门只见回廊、大殿、经院、僧房,虽然并不逼仄,总叫人感觉不太舒畅。多数寺院都属于灵隐寺一派,而这个慈恩寺仿佛一座园林,我说它跟一般寺院不大一样就在此。这寺院当然不是唐朝的旧观,可是眼前的这个布置尽够叫人满意了, 何况单提慈恩寺这个名字就叫人发生历史的感情。这是玄奘法师翻译佛经的场所,寺里的雁塔是玄奘法师所倡修,玄奘法师那样艰苦卓绝地西行求法,那样绝对认真地搞翻译工作,永远是中国人的骄傲,永远是中国人的一种典范,谁信佛法谁不信佛法并没关系。

台阶两旁立着好些题名碑, 题名的是明清两朝乡试中举的人。唐朝有新进士雁塔题名的故事, 后代人似乎非摹仿一下不可,可是京城不在西安,新进士不会在西安会集,于是轮到新举人。写篇记,刻块碑,把名字附上,也算表示了他们的显荣和雅兴。看那些记文,说法都差不多。本来就是那么一回事,题材那么枯窘,有什么新鲜的意思好说的? 我们不耐一一细看,我们登雁塔要紧。

雁塔在慈恩寺的后院。不知道实测究竟有多高,相传是三百尺，耸然立在那里。塔作方形，共七层，一层比一层缩进些，叫人起稳定之感。每层每面有个拱形的门框。最下一层的门框是进塔去的过道，东南西北四面都可以进去。从第二层起，四面门框全装栅栏，游人可以靠着栅栏眺望。我们从南面的拱门进去，走完过道，塔中心空无所有，只靠墙架着两架扶梯。扶梯作直角的曲折，几个曲折才到第二层。猜想所以架两架扶梯之故，一来是游人多的时候可以分散些，二来是最下一层地位宽，容得下两架扶梯，两架扶梯之外还大有回旋余地，你看，从第二层起就只一架扶梯了。

杜工部《同诸公登慈恩寺塔》诗中有“仰穿龙蛇窟，始出枝撑幽”的句子，写的正是从最下一层往上爬的印象。那里过道比较深，进去的光线不多，骤然走进去尤其觉得昏暗。于是杜老想象这么昏暗的所在该是龙蛇的窟穴吧。到了第二层，光线从四面而来，就觉得豁然开朗，出了“幽”境——“枝撑”指塔内的木材构筑。

第二层齐扶梯的顶铺地板，以上五层都一样。有了这地板，才可以走到拱门那里，爱望哪一面就往哪一面，又可以歇歇脚，透透气，再往上爬。要是没有这地板，扶梯接扶梯一直往上，且不说没法从从容容地眺望一番，开开眼界，就是从下朝上、从上朝下望望，那么一个又高又空的塔中心，那么些曲折不尽的扶梯，就够叫人目眩心惊腿软的了——地板稳定了游人的情绪，无论在哪一层，仿佛在一间楼房里似的。

同伴说我力弱，不必爬到第七层，爬这么两三层就可以了。我也想，如果要勉强而行——而且是过分地勉强，那当然不必。可是我升高一层歇一会儿，四面望望，再升高一层，虽然呼吸不怎么平静，心跳越来越强，两条腿越来越重，总还觉得支持得下，没有什么大不了，结果我居然爬上了第七层。可以说是勉强而行，然而不是过分地勉强。在某些场合——比游览重要得多的场合，只要意志坚强，有时候连过分地勉强也有所不避，勉强让意志给克服了，也无所谓勉强了。

在最高一层四望，因为天气浓阴，空中浮着云气，只觉一片混茫，正如杜老诗中所说的“俯视但一气”，南面既望不见终南山，朝西北望，贴近的西安城市也不太清楚。至于杜老所说的“七星在北户，河汉声西流”，那根本是想象，并非他登塔当时的实景。我们未尝不可以作同样的想象，这么想象就好像我们自身扩大了，其大无外的宇宙也不见得怎么大似的。

一层一层下去当然比上来容易，可是每下一层也得歇一歇，免得头昏眼花。出了最下一层的拱门，我们坐在台阶上休息。坐不久又不免站起来看看，原来拱门内过道的石壁上全是刻字，起初挤在游人丛中急于登塔，竟不曾留意。刻的大多是诗篇，各体的诗，各体的书法，各个朝代的年号，还有各个风雅的题壁人的名字。这且不说，单说一点。后代的题壁人见壁上早已刻满，再没空地位，就把自己的文字刻在前代人的题壁上，你小字，我大字，你细笔画，我粗笔画，总之，抹杀你的，光有我的。这样强占豪夺的风雅，未免风雅过分了。

最下一层四面拱门的门楣上都有石刻画，我以为最值得细看。刻的是佛故事，人物和背景全用细线条阴刻。依我外行人的见解，细线条的画最见功夫，你必须在空白的幅面上找到最适当最美妙的每一条线条的位置，丝毫游移不得，你的手腕又必须恰好地描出每一条线条，丝毫差错不得，太弱太强也不成。所以画家必须先在心目中创造完美的形象，又有得心应手的熟练技巧，才能够画成细线条的好作品。最近故宫博物院布置绘画馆，在第一陈列室的正中间挂一小幅敦煌发现的唐朝人的佛像图，全用细线条，我看了很中意。现在这门楣上的石刻画，可以说跟绘画馆的那一幅同一格调、同一造诣。雁塔经过几次重修，连层数也有所改动，建筑材料当然有所更换，可是一般相信底层没大动，门楣石该是唐朝的原物，石上的图画该是唐朝人的手笔。这就无怪乎跟敦煌保藏的唐画相类了。据梁思成先生《敦煌壁画中所见的古代建筑》那篇文章，西面门楣上的画以佛殿为背景，精确地画出柱、枋、斗拱、台基、椽檐、屋瓦以及两侧的回廊，是极可珍贵的建筑史料，可以窥见盛唐时代的建筑规模。

南面拱门两旁各陈列一块褚遂良写的碑。石壁凹陷进去，砌成龛形，碑立在里面，前面装栅栏，使游人可望而不可即。一块是唐太宗所撰的《大唐三藏圣教之序》，一块是唐高宗所撰的《大唐三藏圣教序记》——这块碑从左往右一行一行地写，有些特别，用意在跟前一块碑对称，成为“合欢式”。褚遂良的书法不用说，单说那碑石经历了一千四百年，文字还很完整，笔画还有锋棱，可见石质之坚致。西安好些石碑大都如此，大概用的“青石出自蓝田山”的青石吧。向来玩碑的无非揣摩书法，考证故实，注意到碑额、碑趺和碑旁的装饰雕刻是比较后起的事情。其实好些古碑的装饰雕刻尽有好作品，大可供研究雕刻艺术的人观摩。就是这两块褚碑，两边的蔓草图案工整而不板滞，已经很够味了。碑趺的天人舞乐的浮雕尤其可爱。那是浮雕而超乎浮雕，有些部分竟是凌空的立体。雕刻不怎么工细，可是人物的姿态极其生动，舞带回环，仿佛在那里飘动似的。两碑雕的都是一个舞蹈的在中间,奏乐的分在两边(一块上是奏管乐,一块上是奏弦乐),两两对称,显出图案的意味。碑额雕的什么,可恨我的记忆力太差,记不起了,只好不说。

曲江池在慈恩寺东面不远。曲江池这个名字在唐朝人的诗里见得很多,其地既然近在眼前,我们应当去看看。

一路上陂陀起伏,车时而上行,时而下行——所谓黄土平原原不像操场、运动场那样平。在比较高的地点眺望,只见四面地势高起,环抱着一块低洼地,田亩而外就是树林,虽然时令在秋季,浓阴笼罩着茂密的林木,倒叫人发生阳春烟景的感觉。我们知道这就是所谓曲江池了。曲江原是个人工池,水是浐河的水,唐玄宗开元年间引过来的。到唐朝末年,大概是通道阻塞了,池就干了,变为田亩。

在盛唐时代,这曲江池四围尽是公侯第宅,楼台亭榭大多临水,花柳相映,水光明澈,繁华景象可以想见。曲江池又是当时长安人游乐处所。逢到三月上巳、九月重阳,游人尤其多,不论贫富贵贱,大家要来应个景儿。池中荡着彩船,堤上挤着车马,做生意的陈列着四方货品,走江湖的表演着各种杂技,吹弹歌唱,玩球竞马,凡是享受取乐的玩意儿,在这里集了个大成。又因当时河西走廊畅通,文化交流极盛,形形色色都搀杂着异域的情调和色彩,更见得这里来凑个热闹可喜可乐。——照我猜想,当时情形大概跟《彼得大帝》影片里的某些场面相仿,逢到节日良辰,皇帝、贵族还肯跟庶民混在一块儿寻欢取乐,不摆出肃静回避、容我独享的臭架子。按封建时代说,这就很不错了。

至于现在,游了慈恩寺、登了雁塔的,多半要来曲江池走走,慈恩寺和曲江池自然联成个没有名称没有围墙的公园。这是个普通的星期日，而且天气阴沉，可是曲江池游人尽多。这边是一队少年先锋队在且行且唱，那边是一批工人在闲步眺望，机关里的男女干部，乡村里的小姑娘、老太太，结伴而来，兴致挺好，笑语嘻嘻哈哈的，脚步轻轻松松的。几年以来，大家已经养成习惯，工作的日子出劲工作，休假的日子认真玩乐。郊外既然有这么个好所在，谁不爱来走一走、乐一乐？一条马路正在修筑，从城里的解放路（东半边的南北干路）直通雁塔，城里人出来更方便了。一方面体育运动场也快完工。将来逢到四野花开的时节，春季晴朗的日子，或者运动会举行的期间，城里人必将倾城空巷而出，乡里人也必闹闹挤挤地出来享受他们的一份儿。这样的盛况是可以预想的。既有这新时代的盛况，封建时代的盛况也就没有什么可以留恋了。

曲江池附近有一道陷落五六丈的土沟，王宝钏的“寒窑”就在沟里。王宝钏原是“亡是公”“乌有先生”一流人物，她的“寒窑”当然在“无何有之乡”，可是偏有人要指实它，足见戏剧影响社会之深。舞台上既然演《别窑》和《探窑》，那“寒窑”怎能没有个实在地点？《宝莲灯》里有劈山救母的故事，就有人在华山上指明斧劈的处所（这是听人说的，并未亲见），理由也在此。我们走下土沟去看，原来是个小小的庙宇，中间供泥塑女像，上面挂“有求必应”的匾额，王宝钏成了神了。身份虽然改变，实际还是一样——神不是也属于“亡是公”“乌有先生”一流吗？庙宇实在没有什么可看，倒是庙门前的两棵白杨值得赏玩，又高又挺拔，气概非凡。回到原上看，那两棵白杨的上截高过原面一丈左右。

1954年1月21日

# 游了三个湖

这回到南方去,游了三个湖。在南京,游玄武湖,到了无锡,当然要望望太湖,到了杭州,不用说,四天的盘桓离不了西湖。我跟这三个湖都不是初相识,跟西湖尤其熟,可是这回只是浮光掠影地看看,写不成名副其实的游记,只能随便谈一点儿。

首先要说的,玄武湖和西湖都疏浚了。西湖的疏浚工程,做的五年的计划,今年 4 月初开头,听说要争取三年完成,每天挖泥船轧轧轧地响着,连在链条上的兜儿一兜兜地把长远沉在湖底里的黑泥挖起来。玄武湖要疏浚,为的是恢复湖面的面积,湖面原先让淤泥和湖草占去太多了。湖面宽了,游人划船才觉得舒畅,望出去心里也开朗。又可以增多鱼产。湖水宽广,鱼自然长得多了。西湖要疏浚,主要为的是调节杭州城的气候。杭州城到夏天,热得相当厉害,西湖的水深了,多蓄一点儿热,岸上就可以少热一点儿。这些个都是顾到居民的利益。顾到居民的利益,在从前,哪儿有这回事?只有现在的政权,人民自己的政权,才当做头等重要的事儿，在不妨碍国家社会主义工业化的前提之下，非尽可能来办不可。听说，玄武湖平均挖深半公尺以上，西湖准备平均挖深一公尺。

其次要说的，三个湖上都建立了疗养院——工人疗养院或者机关干部疗养院。玄武湖的翠洲有一所工人疗养院，太湖、西湖边上到底有几所疗养院，我也说不清。我只访问了太湖边中犊山的工人疗养院。在从前，卖力气淌汗水的工人哪有疗养的份儿？害了病还不是咬紧牙关带病做活，直到真个挣扎不了，跟工作、生命一齐分手？至于休养，那更是做梦也想不到的事儿，休养等于放下手里的活闲着，放下手里的活闲着，不是连吃不饱肚子的一口饭也没有着落了吗？只有现在这时代，人民当了家，知道珍爱创造种种财富的伙伴，才要他们疗养，而且在风景挺好、气候挺适宜的所在给他们建立疗养院。以前人有句诗道，“天下名山僧占多”。咱们可以套用这一句的意思说，目前虽然还没做到，往后一定会做到，凡是风景挺好、气候挺适宜的所在，疗养院全得占。僧占名山该不该，固然是个问题，疗养院占好所在，那可绝对地该。

又其次要说的，在这三个湖边上走走，到处都显得整洁。花草栽得整齐，树木经过修剪，大道小道全扫得干干净净，在最容易忽略的犄角里或者屋背后也没有一点儿垃圾。这不只是三个湖边这样，可以说哪儿都一样。北京的中山公园、北海公园不是这样吗？撇开园林、风景区不说，咱们所到的地方虽然不一定栽花草，种树木，不是也都干干净净，叫你剥个橘子吃也不好意思把橘皮随便往地上扔吗？就一方面看，整洁是普遍现象，不足为奇。就另一方面看，可就大大值得注意。做到那样整洁决不是少数几个人的事儿。固然,管事的人如栽花的,修树的,扫地的,他们的勤劳不能缺少,整洁是他们的功绩。可是,保持他们的功绩,不让他们的功绩一会儿改了样,那就大家有份,凡是在那里、到那里的人都有份。你栽得整齐,我随便乱踩,不就改了样吗?你扫得干净,我嗑瓜子乱吐瓜子皮,不就改了样吗?必须大家不那么乱来,才能保持经常的整洁。解放以来属于移风易俗的事项很不少,我想,这该是其中的一项。回想过去时代,凡是游览地方、公共场所,往往一片凌乱,一团肮脏,那种情形永远过去了,咱们从"爱护公共财物"的公德出发,已经养成了到哪儿都保持整洁的习惯。

现在谈谈这回游览的印象。

出玄武门,走了一段堤岸,在岸左边上小划子。那是上午九点光景,一带城墙受着晴光,在湖面和蓝天之间划一道界限。我忽然想起四十多年前头一次游西湖,那时候杭州靠西湖的城墙还没拆,在西湖里朝东看,正像在玄武湖里朝西看一样,一带城墙分开湖和天。当初筑城墙当然为的防御,可是就靠城的湖来说,城墙好比园林里的回廊,起掩蔽的作用。回廊那一边的种种好景致,亭台楼馆,花坞假山,游人全看过了,从回廊的月洞门走出来,瞧见前面别有一番境界,禁不住喊一声"妙",游兴益发旺盛起来。再就回廊这一边说,把这一边、那一边的景致合在一块儿看也许太繁复了,有一道回廊隔着,让一部分景致留在想象之中,才见得繁简适当,可以从容应接。这是园林里修回廊的妙用。湖边的城墙几乎跟回廊完全相仿。所以西湖边的城墙要是不拆,游人无论从湖上看东岸或是从城里出来看湖上,就会感觉另外一种味道,跟现在感觉的大不相同。我也不是说西湖边的城墙拆坏了。湖滨一并排是第一公园至第六公园,公园东面隔着马路,一带相当齐整的市房,这看起来虽然繁复些儿,可是照构图的道理说,还成个整体,不致流于琐碎,因而并不伤美。再说,成个整体也就起回廊的作用。然而玄武湖边的城墙,要是有人主张把它拆了,我就不赞成。不知道为什么,我总觉得那城墙的线条,那城墙的色泽,跟玄武湖的湖光、紫金山复舟山的山色配合在一起,非常调和,看来挺舒服,换个样儿就不够味儿了。

这回望太湖,在无锡鼋头渚,又在鼋头渚附近的湖面上打了个转,坐的小汽轮。鼋头渚在太湖的北边,是突出湖面的一些岩石,布置着曲径蹬道,回廊荷池,丛林花圃,亭榭楼馆,还有两座小小的僧院。整个鼋头渚就是个园林,可是比一般园林自然得多,何况又有浩渺无际的太湖做它的前景。在沿湖的石上坐下,听湖波拍岸,挺单调,可是有韵律,仿佛觉得这就是所谓静趣。南望马迹山,只像山水画上用不太淡的墨水涂上的一抹。我小时候,苏州城里卖芋头的往往喊“马迹山芋艿”。抗日战争时期,马迹山是游击队的根据地。向来说太湖七十二峰,据说实际不止此数。多数山峰比马迹山更淡,像是画家蘸着淡墨水在纸面上带这么一笔而已。至于我从前到过的满山果园的东山,石势雄奇的西山,都在湖的南半部,全不见一丝影儿。太湖上渔民很多,可是湖面太宽阔了,渔船并不多见,只见鼋头渚的左前方停着五六只。风轻轻地吹动桅杆上的绳索,此外别无动静。大概这不是适宜打鱼的时候。太阳渐渐升高,照得湖面一片银亮。碧蓝的天空中飘着几朵若有若无的薄云。要是天气不好,风急浪涌,就会是一幅完全不同的景色。从前人描写洞庭湖、鄱阳湖,往往就不同的气候、时令着笔,反映出外界现象跟主观情绪的关系。画家也一样,风雨晦明,云霞出没,都要研究那光和影的变化,凭画笔描绘下来,从这里头就表达出自己的情感。在太湖边作较长时期的流连,即使不写什么文章,不画什么画,精神上一定会得到若干无形的补益。可惜我来也匆匆,去也匆匆,只能有两三个钟头的勾留。

刚看过太湖,再来看西湖,就有这么个感觉,西湖不免小了些儿,什么东西都挨得近了些儿。从这一边看那一边,岸滩,房屋,林木,全都清清楚楚,没有太湖那种开阔浩渺的感觉。除了湖东岸没有山,三面的山全像是直站到湖边,又没有衬托在背后的远山。于是来了个总的印象:西湖仿佛是盆景。换句话说,有点儿小摆设的味道。这不是给西湖下贬辞,只是直说这回的感觉罢了。而且盆景也不坏,只要布局得宜。再说,从稍微远一点儿的地点看全局,才觉得像个盆景,要是身在湖上或是湖边的某一个所在,咱们就成了盆景里的小泥人儿,也就没有像个盆景的感觉了。

湖上那些旧游之地都去看看,像学生温习旧课似的。最感觉舒坦的是苏堤。堤岸正在加宽,拿挖起来的泥壅一点儿在那儿,巩固沿岸的树根。树栽成四行,每边两行,是柳树、槐树、法国梧桐之类,中间一条宽阔的马路。妙在四行树接叶交柯,把苏堤笼成一条绿荫掩盖的巷子,掩盖而绝不叫人觉得气闷,外湖和里湖从错落有致的枝叶间望去,似乎时时在变换样儿。在这条绿荫的巷子里骑自行车该是一种愉快。散步当然也挺适合,不论是独个儿、少数几个人还是成群结队。以前好多回经过苏堤,似乎都不如这一回,这一回所以觉得好,就在乎树补齐了而且长大了。

灵隐也去了。四十多年前头一回到灵隐就觉得那里可爱,以后每到一回杭州总得去灵隐,一直保持着对那里的好感。一进山门就望见对面的飞来峰,走到峰下向右拐弯,通过春淙亭,佳境就在眼前展开。左边是飞来峰的侧面,不说那些就山石雕成的佛像,就连那山石的凹凸、俯仰、向背,也似乎全是名手雕出来的。石缝里长出些高高矮矮的树木,苍翠,茂密,姿态不一,又给山石添上点缀。沿峰脚是一道泉流,从西往东,水大时候急急忙忙,水小时候从从容容,泉声就有宏细疾徐的分别。道跟泉流平行。道左边先是壑雷亭,后是冷泉亭,在亭子里坐,抬头可看飞来峰,低头可以看冷泉。道右边是灵隐寺的围墙,淡黄颜色。道上多的是大树,又大又高,说"参天"当然嫌夸张,可真做到了"荫天蔽日"。暑天到那里,不用说,顿觉清凉,就是旁的时候去,也会感觉"身在画图中",自己跟周围的环境融和一气,挺心旷神怡的。灵隐的可爱,我以为就在这个地方。道上走走,亭子里坐坐,看看山石,听听泉声,够了,享受了灵隐了。寺里头去不去,那倒无关紧要。

这回在灵隐道上大树下走,又想起常常想起的那个意思。我想,无论什么地方,尤其在风景区,高大的树是宝贝。除了地理学、卫生学方面的好处而外,高大的树又是观赏的对象,引起人们的喜悦不比一丛牡丹、一池荷花差,有时还要胜过几分。树冠和枝干的姿态,这些姿态所表现的性格,往往很耐人寻味。辨出意味来的时候,咱们或者说它"如画",或者说它"入画",这等于说它差不多是美术家的创作。高大的树不一定都"如画""入画",可是可以修剪,从审美观点来斟酌。一般大树不比那些灌木和果树,经过人工修剪的不多,风吹断了枝,虫蛀坏了干,倒是常有的事,那是自然的修剪,未必合乎审美观点。我的意思,风景区的大树得请美术家鉴定,哪些不用修剪,哪些应该修剪。凡是应该修剪的,动手的时候要遵从美术家的指点,惟有美术家才能就树的本身看,就树跟环境的照应配合看,决定怎么样叫它"如画""入画”。我把这个意思写在这里，希望风景区的管理机关考虑，也希望美术家注意。我总觉得美术家为满足人民文化生活的要求，不但要在画幅上用功，还得扩大范围，对生活环境的布置安排也费一份心思，加入一份劳力，让环境跟画幅上的创作同样地美——这里说的修剪大树就是其中一个项目。

1954 年 12 月 18 日

# 黄山三天

我游黄山只有三天,真用得上“窥豹一斑”那个成语。可是我还是要写这篇简略的游记,目的在劝人家去游。有心研究植物的可以去。我虽然说不清楚,可是知道植物种类一定很多。山高将近两千公尺,从下层到最高处该可以把植物分成几个主要的族类来研究。研究地质矿石的也可以去。谁要是喜欢爬山翻岭,锻炼体力和意志,那么黄山真是个理想的地方。那么多的山峰尽够你爬的,有几处相当险,需要你付出十二分的小心,满身的大汗。可是你也随时得到报酬,站在一个新的地点,先前见过的那些山峰又有新的姿态了。就说不为以上说的那些目的,光到那里去看看大自然,山啊,云啊,树木啊,流泉啊,也可以开开眼界,宽宽胸襟,未尝没有好处。

从杭州依杭徽公路到黄山大约三百公里。公共汽车可以到黄山南边脚下的汤口,小包车可以再上去一点儿,到温泉。温泉那里有旅馆。山上靠北边的狮子林那里也有旅馆。山上中部偏南的文殊院原来可以留宿,1952 年烧毁了,现在就文殊院原址建筑旅馆,年内可以完工。住狮子林便于游黄山的北部和西部,住文殊院便于游中部,主要是天都峰和莲花峰。

上山下山的路上全都铺石级,宽的五六尺,窄的不到三尺。路在裸露的大石上通过,就凿石成级。大石面要是斜度大,凿成的石级就非常陡,旁边或者装一道石栏或者拦一条铁索。山泉时时渗出,石上潮湿,路旁边又往往是直下绝壁,这样的防备是必要的。

现在约略说一说我们所到的几处地方。写游记最难叫读者弄清楚位置和方向,前啊,后啊,左啊,右啊,说上一大堆,读者还是捉摸不定。我想把它说清楚,恐怕未必真能办到。我们所到的地点,温泉最南,狮子林最北,这两处几乎正直。我们走的东路,先到温泉东边的苦竹溪,在那里上山。一路取西北方向,好比是直角三角形的一条弦,经过九龙瀑、云谷寺,最后到狮子林住宿,那里的高度大约一千七百公尺。这段路据说是三十多里。第二天下了一天的雨,旅馆楼窗外一片白茫茫,什么都看不见。台阶前几棵松树,有时只显出朦胧的影子,有时也完全看不见。偶尔开门,雾气就卷进屋来。当然没法游览了,只好守在小楼上听雨。第三天放晴,我们登了狮子林背面的清凉台,又登了狮子林偏东南的始信峰,然后大体上向南走,到了光明顶。在这两三个钟点内,我们饱看了“云海”。有些游客在山上守了好几天,要看“云海”,终于没看成,怏怏而下。我们不存一定要看到的想头,却碰巧看到了。在光明顶南望天都峰和莲花峰,天都在东,莲花在西,两峰之间就是文殊院。从前有人说天都最高,有人说莲花最高,据说最近实测,光明顶最高。那里正在建筑房屋,准备测量气象的人员在那里经常工作。我们绕过莲花峰的西半边到文殊院,又绕过天都峰的西南脚,一路而下,回到温泉。说绕过,可见这段路的方向时时改变,可是大体上还是向南。从狮子林曲折向南,回到温泉,据说也是三十多里。我们所到的只是黄山东半边靠南的部分,整个黄山究竟有多大,我没有参考什么图籍,说不上。

以下就前一节提到的分别记一点儿。

九龙瀑曲折而下,共九截,第二截最长。形式很有致,可惜瘦些。山泉大的时候,应该更可观。附带说一说人字瀑。人字瀑在温泉旅馆那儿。高处山泉流到大石壁的顶部,分为左右两道,沿着石壁的边缘泻下,约略像个人字。也嫌瘦,瘦了就减少了瀑布的意味。

云谷寺没有寺了,只留寺基。台阶前有一棵异萝松,说是树上长着两种不同形状的叶子。我们仔细察看,只见一枝上长着长圆形的小叶子,跟绝大部分的叶子不同。就绝大部分的叶子形状和翠绿色看来,那该是柏树,不知道为什么叫它松。年纪总有几百岁了。

清凉台和始信峰的顶部都是稍微向外突出的悬崖,下边是树木茂密的深壑。站脚处很窄,只能容七八个人,要不是有石栏杆,站在那儿不免要心慌。如果风力猛,恐怕也不容易站稳。文殊院前边的文殊台比较宽阔些,可是靠南突出的东西两块大石,顶部凿平,留着边缘作自然的栏杆,那地位更窄了,只能容两三个人。光明顶虽是黄山最高处,却比较开阔平坦,到那里就像在平地上走一样。

我们就在前边说的几处地方看“云海”。望出去全是云,大体上可以说铺平,可是分别开来看,这边荡漾着又细又缓的波纹,那边却涌起汹涌澎湃的浪头，千姿万态，尽够你作种种想象。所有的山全没在云底下，只有几座高峰露顶，作暗绿色，暗到几乎黑，那自然可以想象作海上的小岛。

在光明顶看天都峰和莲花峰，因为是平视，看得最清楚。就岩石的纹理看，用中国画的术语就是就岩石的皴法看，这两个峰显然不同。天都峰几乎全都是垂直线条，所有线条排得相当密，引起我们一种高耸挺拔的感觉。莲花峰的岩石大略成莲花瓣的形状，一瓣瓣堆叠得相当整齐，就整个峰看，我们想象到一朵初开的莲花。莲花峰这个名称不知道是谁给取的，居然形容得那么切当。

前边说我们绕过莲花峰的西半边到文殊院，这条路很不容易走。道上要经过鳌鱼背。鳌鱼背是巨大的岩石，中部高起，坡度相当大。凿在岩石上的石级又陡又窄，右手边望下去是绝壁。下了鳌鱼背穿过鳌鱼洞，那是个天然的洞，从前人修山路就从洞里通过去。出了洞还得爬上百步云梯，又是很陡很险的石级。这才到达文殊院。

从文殊院绕过天都峰的西南脚，这条路也不容易走。极窄的路介在石壁之间，石壁渗水，石级潮湿，立脚不稳就会滑倒。有几处石壁倾斜，跟对面的石壁构成个不完整的山洞，几乎碰着我们的头顶，我们就非弓着身子走不可。

走完了这段路，我们抬头望爬上天都峰的路，陡极了，大部分有铁链条作栏杆。我们本来不准备上去，望望也够了。据说将要到峰顶的时候有一段路叫鲫鱼背，那是很窄的一段山脊，只容一个人过，两边都没依傍，地势又那么高，心脏不强健的人是决不敢过的。一阵雾气浮过，顶峰完全显露，我们望见了鲫鱼背，那里也有铁链条。我想,既然有铁链条,大概我也能过去。

我们也没上莲花峰。听说登莲花峰顶要穿过几个洞,像穿过藕孔似的。山峰既然比做莲花,山洞自然联想到藕孔了。

现在说一说温泉。我到过的温泉不多,只有福州、重庆、临潼几处。那几处都有硫磺味。黄山的温泉却没有。就温度说,比那几处都高些,可也并不热得叫人不敢下去。池子里小石粒铺底,起沙滤作用,因而水经常澄清。坐在池子里的石块上,全身浸在水里,只露出个脑袋,伸伸胳膊,擦擦胸脯,温热的感觉遍布全身,舒畅极了。这个温泉的温度据说自然能调节,天热的时候凉些,天凉的时候热些。我想这或许是由于人的感觉,泉水的温度跟大气的温度相比,就见得凉些热些了。这个猜想对不对,不敢断定。

我们在狮子林宿两宵,都盖两条被。听雨那一天留心看寒暑表,清早是华氏六十度,后来升到六十二度。那一天是八月二十九日。三十一日回到杭州,西湖边是八十六度。黄山上半部每年三月底四月初还可能下雪,十一月间就让冰雪封了。最适宜上去游览的当然是夏季。

1955 年 9 月 5 日

# 记金华的两个岩洞

今年四月十四日，我在浙江金华，游北山的两个岩洞，双龙洞和冰壶洞。洞有三个，最高的一个叫朝真洞，洞中泉流跟冰壶、双龙上下相贯通，我因为足力不济，没有到。

出金华城大约五公里到罗甸。那里的农业社兼种花，种的是茉莉、白兰、珠兰之类，跟我们苏州虎丘一带相类，但是种花的规模不及虎丘大。又种佛手，那是虎丘所没有的。据说佛手要那里的土培植，要双龙泉水灌溉，才长得好，如果移到别处，结成的佛手就像拳头那么一个，没有长长的指头，不成其为“手”了。

过了罗甸就渐渐入山。公路盘曲而上，工人正在填石培土，为巩固路面加工。山上几乎开满映山红，比较盆栽的杜鹃，无论花朵和叶子，都显得特别有精神。油桐也正开花，这儿一丛，那儿一簇，很不少。我起初以为是梨花，后来认叶子，才知道不是。丛山之中有几脉，山上砂土作粉红色，在他处似乎没有见过。粉红色的山，各色的映山红，再加上或深或淡的新绿，眼前一片明艳。

一路迎着溪流。随着山势，溪流时而宽，时而窄，时而缓，时而急，溪声也时时变换调子。入山大约五公里就到双龙洞口，那溪流就是从洞里出来的。

在洞口抬头望，山相当高，突兀森郁，很有气势。洞口像桥洞似地作穹形，很宽。走进去，仿佛到了个大会堂，周围是石壁，头上是高高的石顶，在那里聚集一千或是八百人开个会，一定不觉得拥挤。泉水靠着洞口的右边往外流。这是外洞，因为那边还有个洞口，洞中光线明亮。

在外洞找泉水的来路，原来从靠左边的石壁下方的孔隙流出。虽说是孔隙，可也容得下一只小船进出。怎样小的小船呢？两个人并排仰卧，刚合适，再没法容第三个人，是这样小的小船。船两头都系着绳子，管理处的工友先进内洞，在里边拉绳子，船就进去，在外洞的工友拉另一头的绳子，船就出来。我怀着好奇的心情独个儿仰卧在小船里，遵照人家的嘱咐，自以为从后脑到肩背，到臀部，到脚跟，没一处不贴着船底了，才说一声“行了”，船就慢慢移动。眼前昏暗了，可是还能感觉左右和上方的山石似乎都在朝我挤压过来。我又感觉要是把头稍微抬起一点儿，准会撞破了额角，擦伤了鼻子。大约行了二三丈的水程吧（实在也说不准确），就登陆了，那就到了内洞。要不是工友提着汽油灯，内洞真是一团漆黑，什么都看不见。即使有了汽油灯，还只能照见小小的一搭地方，余外全是昏暗，不知道有多么宽广。工友以导游者的身份，高高举起汽油灯，逐一指点内洞的景物。首先当然是蜿蜒在洞顶的双龙，一条黄龙，一条青龙。我顺着他的指点看，有点儿像。其次是些石钟乳和石笋，这是什么，那是什么，大都依据形状想象成仙家、动物以及宫室、器用，名目有四十多。这是各处岩洞的通例，凡是岩洞都有相类的名目。我不感兴趣，虽然听了，一个也没有记住。

有岩洞的山大多是石灰岩。石灰岩经地下水长时期的浸蚀，形成岩洞。地下水含有碳酸，石灰岩是碳酸钙，碳酸钙遇着水里的碳酸，就成酸性碳酸钙。酸性碳酸钙是溶解于水的，这是岩洞形成的逐渐扩大的缘故。水渐渐干的时候，其中碳酸分解成水和二氧化碳气跑走，剩下的又是固体的碳酸钙。从洞顶下垂，凝成固体的，就是石钟乳，点滴积累，凝结在洞底的，就是石笋，道理是一样的。惟其如此，凝成的形状变化多端，再加上颜色各异，即使不比做什么什么，也就值得观赏。

在洞里走了一转，觉得内洞比外洞大得多，大概有十来进房子那么大。泉水靠着右边缓缓地流，声音轻轻的。上源在深黑的石洞里。

查《徐霞客游记》，霞客在崇祯九年（1636 年）十月初十日游三洞。郁达夫也到过，查他的游记，是一九三三年十一月十二日。达夫游记说内洞石壁上“唐宋人的题名石刻很多，我所见到的，以庆历四年的刻石为最古。……清人题壁，则自乾隆以后绝对没有了，盖因这里洞，自那时候起，为泥沙淤塞了的缘故”。达夫去的时候，北山才经整理，旧洞新辟。到现在又是二十多年了，最近北山再经整理，公路修起来了，休憩茶饭的所在布置起来了，外洞内洞收拾得干干净净。我去的那一天是星期日，游人很不少，工人、农民、干部、学生都有，外洞内洞闹哄哄的，要上小船得排队等候好一会儿。这种景象，莫说徐霞客，假如达夫还在人世，也一定会说二十年前决想不到。

我排队等候，又仰卧在小船里，出了洞。在外洞前边休息了一会儿,就往冰壶洞。根据刚才的经验,知道洞里潮湿,穿布鞋非但容易湿透,而且把不稳脚。我就买一双草鞋,套在布鞋上。

从双龙洞到冰壶洞有石级。平时没有锻炼,爬了三五十级就气呼呼的,两条腿一步重一步了,两旁的树木山石也无心看了。爬爬歇歇直到冰壶洞口,也没有数一共多少级,大概有三四百级吧。洞口不过小县城的城门那么大,进了洞就得往下走。沿着石壁凿成石级,一边架设木栏杆以防跌下去,跌下去可真不是玩儿的。工友提着汽油灯在前边指导,我留心脚下,踩稳一脚再挪动一脚,觉得往下走也不比向上爬轻松。

忽然听见水声了,再往下没有多少步,声音就非常大,好像整个洞里充满了轰轰的声音,真有逼人的气势,就看见一挂瀑布从石隙吐出来,吐出来的地方石势突出,所以瀑布全部悬空,上狭下宽,高大约十丈。身在一个不知道多么大的岩洞里,凭汽油灯的光平视这飞珠溅玉的形象,耳朵里只听见它的轰轰,脸上手上一阵阵地沾着飞来的细水滴,这是平生从未经历的境界,当时的感受实在难以描述。

再往下走几十级,瀑布就在我们上头,要抬头看了。这时候看见一幅奇景,好像天蒙蒙亮的辰光正下急雨,千万枝银箭直射而下,天边还留着几点残星。这个比拟是工友说给我听的,听了他说的,抬头看瀑布,越看越有意味。这个比拟比较把石钟乳比做狮子和象之类,意境高得多了。

在那个位置上仰望,瀑布正承着洞口射进来的光,所以不须照灯,通体雪亮,所谓残星,其实是白色石钟乳的反光。

这个瀑布不像一般瀑布,底下没有潭,落到洞底就成伏流,是双龙洞泉水的上源。

现在把徐霞客记冰壶洞的文句抄在这里,以供参证。“洞门仰如张吻。先投杖垂炬而下,滚滚不见其底。乃攀隙倚空入。忽闻水声轰轰,秉炬从之,则洞之中央,一瀑从空下坠,冰花玉屑,从黑暗处耀成洁彩。水穴石中,莫稔所去。乃依炬四穷,其深陷逾朝真,而屈曲少逊。”

1957 年 10 月 25 日

# 诗的泉源

当“诗人”这两个音给我听到、“诗人”这两个字给我看见的时候，我总感觉不大自然，或者说于耳于目不大顺适。这或者是由于我的偏见。我以为“诗人”指的是一种特异的人，并且有把这种特异的人与一般大众区别开来的意思。人家或者说，“我们发出这两个音，写出这两个字，本意就是这样。”但是我感到不自然，不顺适。

人家又常说“作诗”或是“写诗”，一样地足以立刻引起我的那种感觉。有些人刻刻在那里搜寻和期待，他们的经心比猎人猎取野兽的还要加胜，这也使我代他们感到彷徨不安。他们看这个“作”或“写”好像也是生活中不可或缺的一件事，正如吃饭和做工。在一定的时间内没有新的诗篇产出，就觉得异样地不安宁，正如饥饿和闲散无聊的时候所感受的。

我的意思浅薄而固执，我认为“诗人”这个名字和“农人”“工人”不一样，不配成立而用来指一种特异的人。世间没有除了“作诗”“写诗”以外就无所事事的，仅仅名为一个“诗人”的人。“作诗”或“写诗”也和“吃饭”“做工”不同，不是生活中不可或缺的事，不做就有感到缺少了什么的想念。换一句说，这算不得一回事。

我并非看轻“诗人”，鄙薄到不愿意用这个名字来称呼谁；也不是厌恶“作诗”或“写诗”，说无论如何我们不该这么做。我只不愿意我们做一个被特异称呼的“诗人”，不愿意我们比猎人猎取野兽更经心地“作诗”或“写诗”。

诗是什么的问题，很惭愧不能明确地解答出来。但是也可以作护短的说辞：即解答出来了，于诗的世界又有什么益处？

还是回过来探索诗的泉源吧。假若没有所谓人类，没有人类这么生活着，就没有诗这种东西。这是一句幼稚可笑的话，聪明的人或者要冷笑着说：“何止是诗？哪一件人事不是这个样子？”固然，一切人事都是这个样子，都因为人类这么生活着所以才有。生活是一切的泉源，也就是诗的泉源。所以说到诗就要说到生活——并不为要达到作诗的目的才说到生活。我们生而为人，怎能不说到生活呢？

两个不同的形容词加到生活上去，表示出生活的相反的两端的，通用的是“空虚”和“充实”。判定生活的属于哪一端，由于各人的内观，而旁人为客观的观察，往往难得其真。我们常常欢喜代人家设想，说这个人的生活何等空虚，那个人的生活何等不充实。其实所谓这个人和那个人未必感到这等的缺憾，所以不一定同我们一样设想。现在欲避免这一层错误，只得就我们内观所得的来说。

听说佛宗有所谓“禅定”的一个法门，不声不见，不虑不思，用来注释空虚的生活或是最适切的了。我们虽不讲什么禅定，却有时也入于相类的境界。不事工作，也不涉烦闷，不欣外物，也不动内情，一切只是淡漠和疏远，统可加上一个消极的“不”字。好的生活和坏的生活都是积极的，惟有这“一切不”的生活是异样地空虚。但是我们确有时过这一种生活，或者延绵下去，至于终身。

反过来说，别一种生活就是“不一切不”的。有工作则不绝地工作，倦于工作则深切地烦闷，强烈地颓废；对美善则热跃地欣赏赞美，对丑恶则悲悯地咒诅怜念；情感有所倾注，思虑有所系属；总之，一切都深浓和亲密。无论这是好的生活，足以欣喜恋慕的，或是坏的生活，足以悲伤厌弃的，但本身内观的当儿总觉得这生活的丰富和繁茂。明白地说，就是觉得里面包含着许多东西，好像一个饱满的袋子。这就是所谓充实的生活。

现在说到诗。空虚的生活是个干涸的泉源，也可说不成泉源，哪里会流出诗的泉来？因为它虽名为生活，而顺着它的消极的倾向，几乎退入于不生活了。惟有充实的生活是汩汩无尽的泉源。有了源，就有泉水了。所以充实的生活就是诗。这不只是写在纸面上的有字迹可见的诗啊。当然，写在纸面就是有字迹可见的诗。写出与不写出原没有什么紧要的关系，总之生活充实就是诗了。我常这么妄想：一个耕田的农妇或是一个悲苦的矿工的生活比一个绅士先生的或者充实得多，因而诗的泉源也比较的丰富。我又想，这或者不是妄想吧。

我们将以“诗人”两字加到哪一类人的身上去呢？若说凡是生活充实的人便是诗人，似乎有点奇怪；或者专以称呼曾经写出些诗来的人，又觉得不妥。固然，有些人从充实的生活的泉源里疏引些泉水，写出些诗篇来。这不过是他们高兴这样做，有写作的冲动，别的人只是没有这种冲动罢了。只将“诗人”称呼他们，对于同他们一样地具有充实的生活的人又将怎样呢？

由高兴和冲动所引出的事似乎与生活中不可或缺的事有点区别。我们由于高兴而去游山，或者由于冲动而长啸一声，不能说游山和长啸就是不可或缺的事。我们若是具有充实的生活，可以不用经心，问什么要不要从那里疏引些泉水出来。忽然高兴，忽然冲动，就写出些字迹，成为纸面的诗篇。一辈子不高兴，不冲动，就一辈子不写，但我们的诗篇依然存在。特地当它一回事，像猎人那样搜寻和期待，这算什么呢？

这是从高兴写、有写的冲动的一方面说。因为生活充实，除非不写，写出来没有不真实不恳切的，决没有虚伪浮浅的弊病。丰盈澄澈的泉源自然流出清泉。所以描写工作，就表出厚实的力量；发抒烦闷，就成为切至的悲声；赞美则满含春意；咒诅则力显深痛；情感是深浓热烈的；思虑是周博正确的。这等的总称，便是“好诗”。好诗的成立不在乎写出的人被称为“诗人”，也不在乎写出的人有了这写出的努力，而在乎他有充实的生活的泉源啊。

生活空虚的人也可以写诗，但只是诗的形罢了。写了出来的好诗既然视而可见，诵而可听，自然凝固为一个形。形往往成为被摹拟的。西子含颦，尚且有人仿效呢。所以到我们眼睛里的诗有满篇感慨，实际却浑无属寄的，有连呼爱美，实际却未尝直觉的；情感呢，没有，思虑呢，没有，仅仅具有诗的形而已。汲无源的泉水，未免徒劳；效西子的含颦，益显丑陋。人若不是愚笨，总不愿意这样做吧。

1922 年

# 第一口的蜜

欣赏力的必须养成,实已是不用说明的了。湖山的晨光与暮霭,舟子同樵夫未必都能够领略它们的佳趣。名家的绘画与乐曲,一般人或许只看见一簇不同的色彩,只听见一阵繁喧的音响。一定要有个机会,得将整个的心对着湖山绘画乐曲等等,而且深入它们的底里,像蜂嘴的深入花心一样。于是第一口的蜜就尝到了,一次的尝到往往引起难舍的密恋,因而更益去寻觅,更益去吸取。譬诸蜂儿,好花遍野,蜜亦无穷,就永永以蜜为生了。

所以这个机会最重要。它若来时,随后的反复修炼渐进高深,实与水流云行一样是自然的事。最坏的是始终没有这个机会。譬如无根之草,又怎能加什么培养之功呢?任你怎样好的艺术陈列在面前,总仿佛隔着一幅无形的黑幕,只有彼此全不相干罢了。

可是这个机会并不是纯任因缘的,我们自己能够做得七八分儿的主;只要我们拿出整个的心来对着湖山等等,同时我们就得到机会了。什么事情权柄在自己手里时,总不用忧虑。现在就文艺一端说,我们且不要斥责著作家的太不顾人家,且不要怨恨批评家的不给人引路;我们还是使用固有的权柄来养成自己的欣赏力罢。

如果我们存着玩戏的心来对一切的文艺，我们就劫夺了自己的幸福了。玩戏的心只是一种残余的如灰的微力,只能飘浮在空际,附着于表面,独不能深入一切的底里。更就实际生活去看,只有庄严地诚挚地做一件事情才做得好。假若是玩戏的态度,便不能够写好一张字,画好一幅画,踢好一场球,种好一簇花,甚至不能够讲好一个笑话。对于文艺,当然终于不会欣赏了。我们应以教士跪在祭台前面的虔意,情人伏在所欢怀里的热诚,来对所读的文艺。这时候不知有别的东西,只有我们的心与所读的文艺正通着电流。更进一步,我们不复知有心与文艺,只觉即心即文艺,浑和不分了。于是我们可以听到作者低细的叹息,可以感到作者微妙的愉悦;就是这听到这感到,我们便仿佛有了全世界。于是我们尝到第一口的蜜了。

如果我们存着求得的心来对一切的文艺，我们就杜绝了精美的体味了。求得的心总要联带着伸出一只无形的手来，仿佛说:给我一点什么。心在手上,便不能再在对象上;即使在对象上还留着一点儿,总不能整个的注在上边。如是,我们要求的是甲，而文艺并不给我们甲，我们要求的是乙，而文艺又并不给我们乙;我们只觉得文艺是个吝啬不过的东西,不得不与它疏远了。其实我们先不该向文艺求得什么东西。我们不要希望从它那里得到一点知识,学会一些智慧,我们又不一定要从它那里晓得什么伟大的事情,但也不一定要晓得什么微细的生活。我们应当绝无要求，读文艺就只是读文艺。这时候我们的心如明镜一般，而且比明镜还要澄澈，不仅仅照得见一片的表面。而我们固有的知识智慧感情经验与文艺里边的情事境界发生感应，就使我们陶然如醉，恍然如悟，入于一种难以言说的快适的心态。于是我们尝到第一口的蜜了。

我们是读者，不要被玩戏的心求得的心使着魔法，把我们第一口的蜜藏过了。

1923 年 8 月 14 日

# 其实也是诗

采集了丰富的材料，出之以严肃的态度，刻意经营地写成文章的，前几年有茅盾的《子夜》，今年有曹禺的《日出》。他们都不是“妙手偶得之”的即兴作品，而是一刀一凿都不肯马虎地雕刻成功的群像。

“太阳升起来了，黑暗留在后面。但是太阳不是我们的，我们要睡了。”那小说中的语句，大概可以作为这篇剧本的题词。如果单凭这点点意思，那没有什么希罕。现在有许多的小说诗歌，说的都是这个意思，只因具体的表现不充分，对于读者也就没有多大影响。这篇剧本却能从具体的事象中间透露出意思来，仿佛作者自己并没有主张，然而读者从第一幕读到第四幕，自然会悟出潜藏在文字背后的意思。具有这样效果的，它的体裁虽是戏剧，而其实也是诗。

陈白露的性格，作者在把她介绍给读者的时候早就规定了。“她爱生活。她也厌恶生活。……习惯，自己所习惯的种种生活的方式，是最狠心的桎梏，使你即使怎样羡慕着自由，怎样憧憬着在情爱里伟大的牺牲，也难以飞出自己的生活的狭之笼。……她只有等待，等待着有一天幸运会来叩她的门，她能意外地得到一笔财富，使她能独立地生活着。然而也许有一天她所等待的叩门声突然在深夜响了，她走去打开门，发现那来客，是那穿着黑衣服的，不做一声地走进来。她也会毫无留恋地和他同去，……"这样一个人，除了吞下十片安眠药，悄悄地去"睡"在左面卧室里，还有什么路子可走。所有四幕中间她的动作和台词，都是这一段叙述的注脚，换一句说，是这一段叙述的形象化。写这一段叙述并不难，把它形象化达到这样成绩，却见出作者艺术的不凡。

此外如潘月亭，李石清，顾八奶奶，胡四，以及不出场的金八这班人物，他们各有各的性格，却都是给"自己所习惯的种种生活的方式"桎梏着的。在戏剧中间，固然没有指明他们将向什么路子走去。但是他们迟早要"睡"在留在后面的黑暗之中，不是可以想象得出吗？

当太阳升起来了的时候，不"睡"的当然是淌汗的工人以及赞美太阳的方达生这些人。有人说，工人所建筑的是潘月亭的大丰大楼呀！其实这没有关系。建筑的事情总含着生气。潘月亭"睡"了下去以后，世界上还是要造房子的。

剧中许多人，读者都很熟悉，依照俗语说是活龙活现。只方达生这个人有点生疏，摸不清他的底细。我又想，方达生如果不上场，似乎也没有多大出入。现在他上场，不过把他和旅馆中一批人作个对照，而于表白白露的心情和往事也多一点便利。如果我的看法不错，以作者的手笔，自然有别的方法可以想的。

1937 年

# 文章例话①(选录)

## 背　影(朱自清)

这篇《背影》,大家说是朱自清先生的好文章,各种初中国文教科书都选了它。现在我们选读它的中部。删去的头和尾,分量大约抵全篇的三分之一。

一篇文章印出来,都加得有句读符号。依着句读符号读下去,哪里该一小顿,哪里该一大顿,不会弄错。但是句中词与词间并没有什么符号。就得用我们的心思给它加上无形的符号,划分清楚。例如看见"父亲要到南京谋事",就划分成"父亲——要——到——南京——谋事",看见"我也要回北京念书",就划

① 《文章例话》是叶圣陶写的一部文艺鉴赏论集,1937年上海开明书店印行。书内对朱自清、茅盾、徐志摩、巴金、老舍、沈从文、鲁迅、周作人等二十四位作家的作品加以赏析品评。每篇文章前都附有原作的全文或摘录。本书从中选录三篇(《背影》、《辰州途中》以及《邓山东》)。因篇幅所限,本书编选者删略文前所附原作。

分成"我——也——要——回——北京——念书"。这一番工夫要做得完全不错，先得逐一明白生字和难语。例如，"勾"字同"留"字，"踌"字同"躇"字，"蹒"字同"跚"字是不是连在一起的呢？"一股脑儿"是不是"一股的脑子"的意思呢？这等问题不解决，词就划分不来。解决这等问题有三个办法：一是凭自己的经验，一是查词典，一是请问别人。

词划分清楚了，还要能够辨明哪些是最主要的词。例如读到"叫旅馆里一个熟识的茶房陪我同去"，就知道最主要的词只是"叫——茶房——去"，读到"我将他给我做的紫毛大衣铺好坐位"，就知道最主要的词只是"我——铺——坐位"。能这样，就不至不明白或者误会文章的意思了。

这篇文章把父亲的背影作为主脑。父亲的背影原是作者常常看见的，现在写的却是使作者非常感动的那一个背影。那么，在什么时候、什么地方看见那一个背影，当然非交代明白不可。这篇文章先要叙明父亲和作者同到南京，父亲亲自送作者到火车上，就是为此。

有一层可以注意：父子两个到了南京，耽搁了一天，第二天渡江上车，也有大半天的时间，难道除了写出来的一些事情以外，再没有旁的事情吗？那一定有的，被朋友约去游逛不就是事情吗？然而只用一句话带过，并不把游逛的详细情形写出来，又是什么缘故？缘故很容易明白：游逛的事情和父亲的背影没有关系，所以不用写。凡是和父亲的背影没有关系的事情都不用写；凡是要写出来的事情都和父亲的背影有关系。

这篇里叙述看见父亲的背影而非常感动，计有两回：一回在父亲去买橘子，爬上那边月台的时候，一回在父亲下车走去，混入来往的人群里头的时候。前一回把父亲的背影描写得很仔细；他身上穿什么衣服，他怎样走到铁道边，穿过铁道，怎样爬上那边月台，都依照当时眼见的写出来。在眼见这个背影的当儿，作者一定想到父亲不肯让自己去买橘子，仍旧是把自己当小孩子看待，这和以前的不放心让茶房送，定要他亲自来送，以及他的忙着照看行李，和脚夫讲价钱，嘱托车上的茶房好好照应他的儿子等等行为是一贯的。作者一定又想到父亲为着爱惜儿子，情愿在铁道两边爬上爬下，做一种几乎不能胜任的工作。这中间含蓄着一段多么感人的爱惜儿子的深情！以上这些意思当然可以写在文章里头，但是不写也一样，读者看了前面的叙述，看了对背影的描写，已经能够领会到这些意思了。说话要没有多余的话，作文要没有多余的文句。既然读者自能领会到，那末明白写下反而是多余的了，所以不写，只写了“我的泪很快地流下来了”。后一回提到父亲的背影并不描写，只说“他的背影混入来来往往的人里，再找不着了”。这一个消失在人群里头的背影是爱惜他的儿子无微不至的，是再三叮咛舍不得和他的儿子分别的，但是现在不得不“混入来来往往的人里”去了。做儿子的想到这里，自然起一种莫名其妙的心绪，也说不清是悲酸还是惆怅。和前面所说的理由相同，这些意思也是读者能够领会到的，所以不写，只写了“我的眼泪又来了”。

到这里，全篇的主旨可以明白了。读一篇文章，如果不明白它的主旨，而只知道一点零零碎碎的事情，那就等于白读。这篇文章的主旨是什么呢？就是把父亲的背影作为叙述的主脑，从其间传出父亲爱惜儿子的一段深情。

文章里记父亲的话只有四处，都非常简单。并不是在分别的那一天，父亲只说了这几句简单的话。只因这几句简单的话都是深情的流露，所以特地记下来。在作者再三劝父亲不必亲自去送的当儿，父亲说，“不要紧，他们去不好！”在到了车上，作者请父亲回去的当儿，父亲说，“我买几个橘子去。你就在此地，不要走动。”在买来了橘子将要下车的当儿，父亲说，“我走了；到那边来信！”在走了几步回过头来的当儿，父亲说，“进去吧，里边没人。”这里头含蓄着多少怜惜、体贴、依依不舍的意思！我们读到这几句话，不但感到了这些意思，还仿佛听见了那位父亲当时的声音。

其次要说到叙述动作的地方。叙述一个人的动作当然先得看清楚他的动作。看清楚了，还得用最适当的话写出来，才能使读者宛如看见这些动作一样。这篇文章叙述父亲去买橘子，从走过铁路去到回到车上来，动作不少。作者所用的话都很适当，排列又有条理，使我们宛如看见这些动作，还觉得那位父亲真做了一番艰难而愉快的工作。还有，所有叙述动作的地方都是实写，惟有加在“扑扑衣上的泥土”下面的“心里很轻松似的”一语是作者眼光里看出来的，是虚写。这一语很有关系，把“扑扑衣上的泥土”的动作衬托得非常生动，而且把父亲情愿去做这一番艰难工作的心情完全点明白了。

有几处地方是作者说明自己的意思的：在叙述父亲要亲自去送的当儿，说自己“北京已来往过两三次”了；在叙述父亲郑重嘱托车上的茶房的当儿，说自己“心里暗笑他的迂”。这些都有衬托的作用，可以看出父亲始终把作者看做一个还得保护的孩子，所以随时随地给他周到的照顾。至于“我那时真是聪明过分”，“那时真是太聪明了”，那是作者事后省悟过来责备自己的意思。“聪明过分”，“太聪明了”，换句话说就是“一点也不聪明”。为什么一点也不聪明？因为当时只觉得父亲“说话不大漂亮”，暗笑父亲“迂”，而不能够体贴父亲疼爱儿子的心情。

这篇文章通体干净，没有多余的话，也没有多余的字眼。即使一个“的”字一个“了”字，也是必须用才用。多读几遍，自然有数。

## 辰州途中（沈从文）

上面的一篇文章是从沈先生的《一九三四年一月十八日》（《湘行散记》之一）中间录出来的，可以独立成篇，原来的题目不相称了，我就给另起了一个题目。

这是一篇旅行记。读者诸君在学校里，每年至少有或远或近的一回旅行。旅行回来之后，国语教师总是不肯放过，出着题目教你们写旅行的经历。因此，你们每年至少要作一篇旅行记。凭着你们写旅行记的经验，当阅读人家的旅行记的时候，一定不止神往于人家所写的景物，同时还要关心到人家写旅行记的手法。现在选这篇旅行记给诸君阅读，诸君在领略辰河风物之外，不是更想看看沈先生怎样写他的旅行记吗？

旅行是一串的生活。短期旅行或是一天，或是半天，长期旅行延续到几个月几年，总之是旅行者生活的历程。在这一串的生活中间，耳目所接触到的和心思所想念到的，真可以说多到不可胜数，若要完全记录下来，即使是半天的旅行，也可以写成很厚的一本书。就是并不跑出去旅行，或者在学校里上学，或者在什么地方做工作，每天所接触到的和想念到的也是记不胜记。所以写旅行记和写日记一样，第一先得放弃那完全记录下来的野心，因为这是不可能而又不必需的事情。为什么说不可能?遇见一个人,你要从他的头上一直记述到他的脚上。走进一间房子,你要从屋角一直记述到墙脚。心思像漫无拘束的飞鸟,一会儿飞到天涯,一会儿飞到海角,你要一刻不停地追逐它的踪迹,你想这是可能的吗?为什么说不必需?要像这样一毫不漏地记录下来,手里将永远执着一枝笔,再也不能做旁的工作,但是这种辛苦的工作有什么用处呢?

写旅行记或日记既不能完全记录,就只能从一串的生活中间选择若干部分来下手。通常有两种手法。一种是记下一些重要的项目,以备查考之用。有如旅行记中的“行若干里,到某某地方,观某某古迹”,日记中的“午后访某某,谈某事”之类。又一种是把给与自己印象最深的事物记下来,宛如摄一套活动影片,与此无关的,简直丢开不写。沈先生的这一篇,就是属于这一种。前一种只有实用的价值。后一种写得好,却有文学的价值。

这篇文章并不把“上三个滩与一个长长的急流”的情形完全写下,只写了上第一个长滩时所见的搁浅的船只,上第一个长滩第二段时所雇用的一个临时牵手,以及上尽长滩后所经过的小小水村边的风物。这三者分配作篇中主要的三节,在这三节前后的文章便是发端和结尾。为什么只写这三者呢?因为它们给与作者的印象最深。其中第一节注重在摹出滩水险急的印象。并不多用那些形容词,只是平平常常地叙述着,然而险急的情形已可想见。“四只大船斜卧在白浪大石上”,“人一下水后,就即刻为水带走了,……过一会,人便不见了”,何等惊心动魄的叙述呵!第二节注重在摹出那老头子“对于生存还那么努力执着”的印象。文中叙述他为了一分钱的讲价不合,不惜“大声嚷着而且辱骂着”,

待“小船已开出后”，他又“赶忙从大石上一跃而下，……躬着腰向前走去了”，工作“得了钱”他便“坐在水边大石上一五一十数着”。平凡的叙述，却刻划出深微的人性。读者仔细体会，定会觉得恍如看见了那老头子。以下描摹他的相貌，说他同托尔斯泰相去不远，反而不是主要的笔墨。第三节注重在摹出那小小水村如画如诗的印象。这里只记述一些声音，一些极单纯的景物的速写。读者读到“莫不皆停止了工作，向锣声起处望去”，几乎要想自己也是这些人中间的一个，给那锣声引得抬头远望了。而就全般的声音和景物来体会，“母鸡生蛋的声音”，“人隔河喊人的声音”，“有人正在一只船边敲敲打打” 的声音，“炮仗声音”，“唢呐声音”，“锣声”，“等待修理的小船皆斜卧在岸上”，木筏“在平潭中溜着”，一切人“停止了工作，向锣声起处望去”，这些岂不是经行水村的人所常有的经验？然而平时不觉得怎样，今经沈先生写入这篇文章，就觉得这如画如诗的境界，自己也曾领略过了。是尝新，又是回味，于是越见出这段文章的佳胜。

这三节都有一个结尾，第一节的是“这件事从船上人看来可太平常了”。第二节的是“这人给我的印象真太深了，但这个人在他们看来，一个又老又狡猾的东西罢了”。第三节的是“多美丽的一幅画图，一首诗！但除了一个从城市中因事挤出的人觉得惊讶，难道还有谁看到这些光景瞿然神往”。这些表明这三个印象对于作者特别深刻，在当地的人却都若无其事。原来旅行者在旅行记中连篇累牍写着的，往往是当地人以为不值得一说，甚至是向来没有关心到的事情，这不全由于“当局者迷”，也由于旅行者的眼光和心胸超过了一般人的缘故。

末一节的结尾“转过山岨，就可以见到税关上飘扬的长幡了”，意味有余不尽。若是写作“转过山岨，就可以望见辰州了”，这便是呆笨的笔墨。

## 邓山东（萧　乾）

这一回我们摘录萧乾先生一篇小说的一部分给读者诸君阅读，顺便谈谈关于描写人物的话。

听到描写二字，第一个印象就是把事物画出来给大家看。事物不在眼前，画了出来就清清楚楚看得见了。不过一幅画只是事物一瞬间的静态，在这一瞬间的以前和以后，事物又怎样呢，这是画不出来的。能够满足这种期望的还得数有声活动电影。有声活动电影不只表示事物的静态，它能把事物在某一段时间以内的情形传达出来，而且摄住了这段时间以内的各种声音。看了有声活动电影，才真个和接触真实事物相差不远了。

现在用文字来描写事物，意思就是要使一篇文章具有有声活动电影的功用，至少也得像一幅画，让人家看了宛如亲自接触了那些事物。这不是死板地照实记录就可以济事的。你一是一二是二地记录下来了，人家看了，仅仅知道了一些琐屑的节目，却没有认识整个的事物，你的描写就是徒劳。你必须先打定主意，要使人家认识整个的事物须在某几点上着力描写，然后对于某几点特别用功夫，这才可以如你的初愿。画画拍电影也是这样。拿起画笔来照实临摹，无论怎样工细，怎样准确，只是一张习作罢了，算不得一件艺术品。抬起摄影机来对着任何事物摇动一阵，事物当然拍进去了，但不免混乱琐碎，算不得一张有价值的影片。画画和导演的人在动手以前,必须先想定该从事物的身上描写些“什么”出来,事物才会深入人心。他们的努力是引导了观者去观察去感觉这个“什么”。观者真个因此而观察明白了这个“什么”,感觉到了这个“什么”,才是他们描写的成功。

总之,描写不是死板地照抄实际事物。用了适当的文字,把事物外面的和内面的特质表达出来,使人家认识它的整个,这才算描写到了家。

现在我们把范围缩小来,不说描写一切事物,单说对于人物的描写。在许多旧小说里边,一个人物出场的时候,作者往往给他“开相”,他容貌怎样,态度怎样,服装怎样,说上一大堆。在一些传记里边,作者往往给传记中的主人翁加上一些关于性格的写述,如“豁达大度”“恭谨有礼”之类。这些是不是描写呢?回答是不一定就是。如果只叙明某一个人物的容貌怎样,态度怎样,服装怎样,而往后这个人物的思想行动和这些都没有关系,那末这些只是浪费的笔墨而已,不能算做描写。至于“豁达大度”“恭谨有礼”之类,乃是作者对于人物的评判,作者评判他怎样,读者不能就见到他怎样,所以,如果仅仅使用这种评判语句,实在不能算做描写。要知道,容貌、态度、服装等等是写述不尽的,在写述不尽之中提出一部分来写,当然非挑选那些和思想行动发生关系的不可。“豁达大度”“恭谨有礼”之类既是作者对于人物的评判,作者就该让读者听听他的言论,看看他的举止行动,自己去见到他的“豁达大度”或者“恭谨有礼”。如果作者的笔墨真能使读者自己去见到这样的话,这两句评判语句也就无妨删去了。

描写人物以性格为主。容貌、态度、服装等等常常作为性格的衬托。在足以显出人物性格的当儿,这些才属真正的必要。岂但这些，就是人物以外的环境，为增加描写人物性格的效果起见,作者也不肯放过。所写的虽是人物以外的环境,而着眼点却在衬托出人物的性格。在小说中间,这种例子是很多的。

仅仅用一些形容词作为评判语,如说"他很爽直","这个人非常勇敢",决不是描写人物性格的办法。描写人物性格要在人物的一言一行一颦一笑上下功夫,一句评判语都没有倒也无妨。要使读者从人物的一言一动一颦一笑上体会得出人物的性格来,那才是上等的描写。

萧乾先生这篇小说注重在描写邓山东的性格。邓山东是一个在小学校门口卖杂货糖食的,吃过粮,能说能唱,极受许多小学生的欢迎。为了给一个被罚不准回家吃饭的小学生送了一包芙蓉糕,学校里的斋务长不准他在校门口摆摊。以后他和斋务长起了一番小小的交涉。故事非常简单。作者是站在一个姓黄的小学生的地位上写述的。读者诸君读完了这一篇,试把前面的话和这一篇对照,看作者用什么手法来描写邓山东的性格。还可以放开了书本想一想:经过作者的描写,为什么邓山东宛然是一个熟悉得很的人物了。

# 暴　露

暴露,我不知道为什么要不得。

通常说的暴露,该不与揭发隐私、攻击个人同其意义。至少在文艺家的心目中,他涉想的对象是整个的社会,社会若有什么毛病,经他看出来了,他就像医师发现了人体的毛病一样,不能不宣告出来。这就是暴露。在宣告出来的当儿,他也许连带提供治疗的方案,也许只指出毛病的迹象和根源,让大家来研讨治疗的方案。无论如何,他的暴露是存着一腔悲天悯人的心肠的。

《诗序》解释个“风”字说,“言之者无罪,闻之者足以戒”,我以为正好移作暴露的解释。就动机而言,或者就后果而言,暴露都不犯刑法上的罪名。这是所谓“言之者无罪”。暴露出来的那个毛病,犯着的也许是我,也许是你,也许是咱们一伙儿。不知道有毛病,当然不着急,谁听说有毛病,谁就会提起神来,想尽种种方法,务必去掉那毛病。这是所谓“闻之者足以戒”。

刚强磊落的人如果犯了什么毛病,该不怕暴露,因为他惟恐自己有毛病,暴露正可以使他迁善改过。“子路人告之以有过则喜”(见《孟子·公孙丑上》),就是为此。民胞物与的人自己不犯什么毛病,就也不会厌恶人家的暴露,因为他有己溺己饥的胸襟,从人家的暴露中间,他可以知道那“溺”与“饥”的底细,当然只有欢迎,不会厌恶。我们读了历代的描绘时弊的好作品,不免慨然深念,也可以算个例证。虽然我们不至于这样狂妄,便自认为民胞物与的人。

厌恶暴露的人似乎可以推阿Q作代表。阿Q头皮上有几处癞疮疤,当然是缺点,可是没法掩盖,他就发明了个“讳”字诀,“讳说‘癞’以及一切近于‘赖’的音,后来推而广之,‘光’也讳,‘亮’也讳,再后来,连‘灯’‘烛’都讳了。一犯讳,不问有心与无心,阿Q便全疤通红的发起怒来,估量了对手,口讷的他便骂,气力小的他便打。”一切厌恶暴露的人的手段离不了阿Q的方式,讳,对于犯讳的骂或者打。

代阿Q设想,你嫌头皮上癞疮疤难看,就该去找美容院的技师想办法,或者换上一块头皮,或者栽上一些头发。你不这么干,即使“讳”字诀克奏全功,可是癞疮疤依然存在,未庄的人谁不看见?

遏止了暴露,就以为天下太平,社会美满,那是愚人的想头。杨震回答纳贿的对手道,“天知,神知,我知,子知,何谓无知?”(《后汉书·杨震传》)这个话最为通达,其意就是俗语说的“若要人不知,除非己莫为”。暴露的文字和言语可以遏止,可是事实既经成立,就不容抹掉,也就无法教人不知道。事实本身的存在就是一种最有力的暴露。

至于文艺家,他并不是新闻记者,他的责任原不在报告事实的种种迹象。不过他看见了不如意的种种迹象,因他的理解与怀抱,不由不悲天悯人,由近思远。于是取其精华,去其糟粕,把他观察所得用文艺形式表达出来。虽然厌恶他的人就将跳起来说:"这是暴露啊!要不得!"或者更用什么力量来遏止,他却宁可惹人家的厌恶,在遏止得最凶的时候宁可搁笔,决不肯违心地说些吉祥言语,讨人家的喜欢。假如违心地说些吉祥言语,讨人家的喜欢,他就是清客,是帮闲,不成其为文艺家了。

真正到了天下太平、社会美满的时候,表现在文艺家笔下的自然气象全异。但在从现实的迹象取精去粕,用文艺形式表达出来这一点上,还是没有两样。依广义而言,那也未尝不可以叫做暴露。

粗浅地打个比喻,暴露犹如镜子的现形,是美是丑,在乎事物本身,不关乎镜子。

暴露,我不知道为什么要不得。

# 揣 摩

一篇好作品，只读一遍未必能理解得透。要理解得透，必须多揣摩。读过一遍再读第二第三遍，自己提出些问题来自己解答，是有效办法之一。说有效，就是增进理解的意思。

空说不如举例。现在举鲁迅的《孔乙己》为例，因为这个短篇大家熟悉。

读罢《孔乙己》，就知道用的是第一人称写法。可是篇中的“我”是咸亨酒店的小伙计，并非鲁迅自己，咱们确切知道鲁迅幼年没当过酒店小伙计。这就可以提出个问题：鲁迅为什么要假托这个小伙计，让这个小伙计说孔乙己的故事呢？

用第一人称写法说孔乙己，篇中的“我”就是鲁迅自己，这样写未尝不可以，但是写成的小说会是另外一个样子，跟咱们读到的《孔乙己》不一样。大概鲁迅要用最简要的方法，把孔乙己活动的范围限制在酒店里，只从孔乙己到酒店里喝酒这件事上表现孔乙己。那么，能在篇中充当“我”的惟有在场的人。在场的人有孔乙己，有掌柜，有其他酒客，都可以充当篇中的“我”，但是都不合鲁迅的需要，因为他们都是被观察被描写的对象。对于这些对象，须有一个观察他们的人。于是假托一个在场的小伙计，让他来说孔乙己的故事。小伙计说的只限于他在酒店里的所见所闻，可是，如果咱们仔细揣摩，就能从其中得到不少东西。

连带想到的可能是如下的问题：幼年当过酒店小伙计的一个人，忽然说起二十多年前的故事来，是不是有点儿不自然呢？

仔细一看，鲁迅交代清楚了。原来小伙计专管温酒，觉得单调，觉得无聊，“只有孔乙己到店，才可以笑几声，所以至今还记得”。至今还记得，说给人家听听，那是很自然的。

从这儿又可以知道第一第二两节并非闲笔墨。既然是说当年在酒店里的所见所闻，当然要说一说酒店的大概情况，这就来了第一节。一个十几岁的孩子勉勉强强留在酒店里当小伙计，这也“侍候不了”，那也“干不了”，只好站在炉边温酒，他所感到的单调和无聊可以想见。因此，第二节就少不得。有了这第二节，又在第三节里说“掌柜是一副凶脸孔，主顾也没有好声气”，那么“只有孔乙己到店，才可以笑几声”的经历，自然深印脑筋，历久不忘了。

故事从“才可以笑几声”说起，以下一连串说到笑。孔乙己一到，“所有喝酒的人便都看着他笑”。“众人都哄笑起来，店内外充满了快活的空气”，说了两回。在这些时候，小伙计“可以附和着笑”。掌柜像许多酒客一样，问孔乙己一些话，“引人发笑”。此外还有好几处说到笑，不再列举了。注意到这一点，就会提出这样的问题：这篇小说简直是用“笑”贯穿着的，取义何在呢？

小伙计因为“才可以笑几声”而记住孔乙己，自然用“笑”贯穿着他所说的故事，这是最容易想到的回答。但是不仅如此。

故事里被笑的是孔乙己一个人，其他的人全是笑孔乙己的，这不是表明孔乙己的存在只能作为供人取笑的对象吗？孔乙己有他的悲哀，有他的缺点，他竭力想跟小伙计搭话，他有跟别人交往的殷切愿望。所有在场的人可全不管这些，只是把孔乙己取笑一阵，取得无聊生涯中片刻的快活。这不是表明当时社会里人跟人的关系，冷漠无情到叫人窒息的地步吗？为什么会冷漠无情到这样地步，故事里并没点明，可是咱们从这一点想开去，不是可以想得很多吗？

第九节是这么一句话："孔乙己是这样的使人快活，可是没有他，别人也便这么过。"这句话单独作一节搁在这儿，什么用意呢？

最先想到的回答大概是结束上文。上文说孔乙己到来使酒店里的人怎样怎样快活，这儿结束一下，就说他"是这样的使人快活"。这样回答当然没有错。但是说"可是没有他，别人也便这么过"，又是什么意思呢？这不是说孔乙己来不来，存在不存在，全跟别人没有什么关系吗？别人的生涯反正是无聊，孔乙己来了，把他取笑一阵，仿佛觉得快活，骨子里还是无聊；孔乙己不来，没有取笑的对象，也不过是个无聊罢了，这就叫"也便这么过"。"也便这么过"只五个字，却是全篇气氛的归结语，又妙在确然是小伙计的口吻。当年小伙计在酒店里，专管温酒的无聊职务，不是"也便这么过"吗？

还有不少问题可以提出，现在写一些在这儿。

第一节说酒店的大概情况，点明短衣帮在哪儿喝，穿长衫的在哪儿喝，跟下文哪一处有密切的联系呢？

开始说孔乙己的形象，用“身材很高大；青白脸色，皱纹间时常夹些伤痕；一部乱蓬蓬的花白的胡子”。这些话是仅仅交代形象呢，还是在交代形象之外，还含有旁的意思要咱们自己领会？

为什么“孔乙己一到店，所有喝酒的人便都看着他笑”呢？

孔乙己说的话，别人说的话，都非常简短。他们说这些简短的话的当时，动机是什么，情绪是怎样呢？

孔乙己的话里有“污人清白”，“窃书”，“君子固穷”，“多乎哉？不多也”之类的文言。这除了照实摹写孔乙己的口吻之外，有没有旁的作用呢？

孔乙己到店时候的情形，有泛叙，有特叙，泛叙叙经常的情形，特叙叙某一天的情形。如果着眼在这一点上，是不是可以看出分别用泛叙和特叙的作用呢？

掌柜看孔乙己的帐，一次是中秋，一次是年关，一次是第二年的端午，为什么呢？

诸如此类的问题，几乎是提不尽的。

几个人读同一篇作品，各自提出些问题，决不会个个相同。但是可能个个都有价值，足以增进理解。

理解一篇作品，当然着重在它的主要意思。但是主要意思是靠全篇的各个部分烘托出来的，所以各个部分全都不能轻轻放过。体会各个部分，总要不离作品的主要意思。提出来的必须是合情合理的值得揣摩的问题。要是硬找些不相干的问题来抠，那就没有意义了。

1960 年

# 我和儿童文学

先说我是怎么写起童话来的。

我的第一本童话集《稻草人》的第一篇是《小白船》，写于一九二一年十一月十五日，我写童话就是从这一天开始的。接着在十六日、十七日写了《傻子》和《燕子》；隔了两天，在二十日又写了《一粒种子》。不到一个星期写了四篇童话，我自己也不敢相信了。这种情形不止一次，那一年十二月二十五日到三十日，也是六天，写了《地球》、《芳儿的梦》、《新的表》、《梧桐子》、《大喉咙》，一共五篇。一九二一年冬季，正是我和朱佩弦(自清)先生在杭州浙江第一师范日夕相处的日子，两个人在一间卧室里休息，在一间休憩室里备课，闲谈，改本子，写东西。可能因为兴致高，下笔就快些。朱先生有一篇散文记下了那些值得怀念的日子，中间提到我写童话的情形，说我构思和下笔都很敏捷。我自己可完全记不起来了，好像从来不曾这样敏捷过。

我写童话，当然是受了西方的影响。“五四”前后，格林、安徒生、王尔德的童话陆续介绍过来了。我是个小学教员,对这种适宜给儿童阅读的文学形式当然会注意，于是有了自己来试一试的想头。还有个促使我试一试的人,就是郑振铎先生,他主编《儿童世界》,要我供给稿子。《儿童世界》每个星期出一期,他拉稿拉得勤,我也就写得勤了。

这股写童话的劲头只持续了半年多，到第二年六月写完了那篇《稻草人》为止。为什么停下来了,现在说不出,恐怕当时也未必说得出。会不会因为郑先生不编《儿童世界》了？有这个可能,要查史料才能肯定。从《小白船》到《稻草人》,一共二十三篇童话编成一本集子,就用《稻草人》作书名,在一九二三年十一月出版,列入《文学研究会丛书》,因为我是文学研究会的会员。

《稻草人》这本集子中的二十三篇童话,前后不大一致,当时自己并不觉得，只在有点儿什么感触，认为可以写成童话的时候,就把它写了出来。我只管这样一篇接一篇地写,有的朋友却来提醒我了,说我一连有好些篇,写的都是实际的社会生活,越来越不像童话了，那么凄凄惨惨的，离开美丽的童话境界太远了。经朋友一说,我自己也觉察到了。但是有什么办法呢？生活在那个时代,我感受到的就是这些嘛。所以编成集子的时候,我还是把《稻草人》这个篇名作为集子的名称。

在以后这三年里,我只写了六篇童话,我记不得了,是一位年轻朋友查到了告诉我的。一九二五年的“五卅”运动把我的注意力引到了别的方面,直到大革命失败以后,我才写了一篇《冥世别》。当时,无数革命青年被屠杀了,有些名流竟然为屠夫辩护,说这些青年是受人利用,做了别人的工具,因而罪有应得。我想让这些受屈的青年出来申辩几句。可是他们已经死了,怎么办呢？于是想到用童话的形式，让他们在阴间向阎王表白。这篇童话不是写给孩子们看的，所以后来没有编进童话集。我在这里提一下，是想说明有些童话可能不属于儿童文学。给文学形式分类下定义本来是研究者的事。写的人可以不必管它。

一九二九年秋天，我写了《古代英雄的石像》。这篇童话引起好些误解，许多人来信问我，这个石像是不是影射某某某。我并无这个意思，只是说就石头来说，铺在路上让大家走，比作一个偶像，代表一个实际上并不存在的英雄有意义得多。后来续安徒生的童话，作《皇帝的新衣》，我也并不是用这个皇帝影射某某某。一九三一年六月，我的第二本童话集《古代英雄的石像》出版，一共收了这两年间写的九篇童话。写得少的缘故，大约是做了许多年编辑工作，养成了不敢随便下笔的习惯。

直到一九五六年，中国少年儿童出版社要我选自己的童话若干篇，编成一本集子。他们说，这些童话虽然是解放前写的，让现在的孩子们看看，知道一些旧社会的情形，也有好处。我同意了，选了十篇，编成了《叶圣陶童话选》。这十篇中，《一粒种子》、《画眉》、《稻草人》是一九二一年到一九二二年写的，可以代表一个阶段；《聪明的野牛》是一九二四年写的，不曾收进童话集；《古代英雄的石像》、《皇帝的新衣》、《含羞草》、《蚕和蚂蚁》是一九三一年到一九三三年写的，可以代表另一个阶段；最后两篇是一九三六年年初写的《鸟言兽语》和《火车头的经历》（在这两篇之后，就没有写过童话了）。我把这十篇童话的文字重新整理了一遍，因为这是给孩子们阅读的，不敢怠慢，总想做到通畅明白，念起来顺口，听起来顺耳。

打倒“四人帮”之后，中国少年儿童出版社打算重排《叶圣陶童话选》，要我增选几篇。我答应了，从第一本集子《稻草人》中选出《玫瑰和金鱼》、《快乐的人》、《跛乞丐》三篇，从第二本集子《古代英雄的石像》中选出《书的夜话》和《熊夫人幼稚园》两篇，都经过重新整理，加了进去。为了区别于以前的版本，把书名改成《〈稻草人〉和其他童话》，在去年八月出版。

这几本童话集的插图，我都很喜欢。《稻草人》是许敦谷先生的钢笔画，《古代英雄的石像》是丰子恺先生的毛笔画，《叶圣陶童话选》是黄永玉先生的木刻。丰子恺先生和黄永玉先生是国内国外都知名的画家，许敦谷先生比他们早，现在知道他的人不多了。在二十年代，许先生为儿童读物画过不少插图，似乎到了三十年代，就看不到他的新作了。好的插图不拘泥于文字内容，而能对文字内容起画龙点睛的作用，许先生画的就有这个长处，因而比较耐看。他的线条活泼准确，好像每一笔下去早就心中有数似的，足见他素描的基本功是很深的。丰先生和黄先生的插图，工力也很到家。对儿童文学来说，插图极其重要，是值得研究的一个方面。

除了童话，我写过两本童话歌剧，一本叫《蜜蜂》，一本叫《风浪》，都请人配了谱，在二十年代出版过。可是内容是什么，我完全记不起了，想找来看看，托了好几个人，至今还没有找到。此外还写过一些儿童诗歌，大多刊登在早期的《儿童世界》，有的也配了谱。

在儿童文学方面，我还做过一件比较大的工作。在一九三二年，我花了整整一年时间，编写了一部《开明小学国语课本》，初小八册，高小四册，一共十二册，四百来篇课文。这四百来篇课文，形式和内容都很庞杂，大约有一半可以说是创作，另外一半是有所依据的再创作，总之没有一篇是现成的，是抄来的。给孩子们编写语文课本，当然要着眼于培养他们的阅读能力和写作能力，因而教材必须符合语言训练的规律和程序。但是这还不够。小学生既是儿童，他们的语文课本必得是儿童文学，才能引起他们的兴趣，使他们乐于阅读，从而发展他们多方面的智慧。当时我编写这一部国语课本，就是这样想的。在这里提出来，希望能引起有关同志的注意。

解放以后，我只给儿童写过几首短诗，几篇散文，刊登在哪儿，也记不清了。总是忙。林彪、“四人帮”横行的那些年倒是闲了，可是哪有心情写什么东西呢？现在精力不济了，而且又忙了起来，许多事情还必须赶紧去做。儿童文学的园地不久也会万紫千红的，我正在拭目以待，作个鼓掌喝彩的人。

1980 年 1 月 17 日

图书在版编目(CIP)数据

叩访名家:叶圣陶散文精选(少年版)/叶圣陶著.
—杭州:浙江文艺出版社,2012.4
ISBN 978-7-5339-3404-0

Ⅰ.①叩… Ⅱ.①叶… Ⅲ.①散文集—中国—现代 Ⅳ.①I266

中国版本图书馆 CIP 数据核字(2012)第 048697 号

责任编辑 余文军
封面设计 水 墨
彩色插图 陶依妮

**叩访名家:叶圣陶散文精选(少年版)**
叶圣陶 著

出版 浙江文艺出版社
地址 杭州市体育场路 347 号
邮编 310006
网址 www.zjwycbs.cn
经销 浙江省新华书店集团有限公司
制版 杭州天一图文制作有限公司
印刷 杭州富春印务有限公司
开本 880 毫米×1230 毫米 1/32
字数 170 千字
印张 7.875
插页 2
印数 0001-8000
版次 2012 年 4 月第 1 版 2012 年 4 月第 1 次印刷
书号 ISBN 978-7-5339-3404-0
定价 **18.00** 元